ARAUCA
ZONA ROJA

BEVERLY PRIETO

ARAUCA
ZONA ROJA

Número de Control de la Biblioteca del Congreso de EE. UU.:		2012903410
ISBN:	Tapa Blanda	978-1-4633-1901-4
	Libro Electrónico	978-1-4633-1902-1

Diseño de protada: Marcela Echeverry
logotipocompani@hotmail.com

Correcion: Mónica Yañez Castrillon
monica-yanez@hotmail.com

Para pedidos de copias adicionales de este libro, por favor contacte con:
Palibrio
1663 Liberty Drive, Suite 200
Bloomington, IN 47403
Llamadas desde los EE.UU. 877.407.5847
Llamadas internacionales +1.812.671.9757
Fax: +1.812.355.1576
ventas@palibrio.com
380312

PRÓLOGO

La novelística colombiana es abundante y ha tocado a través de la historia diferentes temas —alcalde, cura y notario— y en ello los andinos nacionales son maestros. En cambio, en el Caribe colombiano, la temática es mucho más versátil, más depurada e incluso más profunda. La inmensidad de su geografía, con sus fértiles valles, sus sonoros pastizales y las olas del mar Caribe, que besan perennemente sus playas en donde el hombre, abierto en lontananza, es más imaginativo, ha creado una nueva literatura que ha servido para la exportación y que ha ampliado la visibilidad para captar el macro mundo del hombre de nuestro entorno costeño.

Novelas como *Las pampas escandalosas*, de José Ramón Loaiza; *El último evangelio*, de Alcides Mogollón; *Tierra mojada*, *China 6 a.m.* y *En Chimá nace un santo*, de Manuel Zapata Olivella; *Historia de una joven negra*, de Juan Zapata Olivella; *En diciembre llegan las brisas*, de Marbel Moreno; *La pezuña del diablo*, de Alfonso Bonilla Naar; *El clan de mama cola*, de Abel Ávila; *Cien años de soledad*, *El coronel no tiene quien le escriba* y *El otoño del patriarca*, de Gabriel García Márquez, son, a manera de ejemplo, obras que han trascendido las fronteras nacionales y han ganado un espacio visible e importante en la literatura universal, dejando en claro que esta área cultural es la más creativa e imaginativa, por cierto, en la urdimbre de la novelística y el cuento, con temáticas diferentes a la tradición latinoamericana. Observamos, no obstante, que siempre aparece el fenómeno del conflicto social en cada una de ellas con un mecanismo de cambios en las estructuras económicas y socioculturales de la sociedad totalizante, no importando si la temática es urbana o rural.

Cuando el hombre de la Costa se aleja un poco de su geografía y entra en otro campo geopolítico, observa con detenimiento la huella del lugar señalado y el habitante que viene dejando a través de su historia, para plasmar en el papel esas vivencias con su talento e imaginación de cara a construir así un mundo real y mágico a la vez, adobando con los ingredientes legendarios y míticos que viene trajinando en su devenir histórico. Esto aconteció con Jesús Cabrales y su novela *El ángel exterminador*, y hoy, con Beverly Prieto y su vibrante novela, en donde se vislumbran los sentimientos y pasiones, las alegrías y el drama, la frustración y las esperanzas del conflicto armado que en estos instantes vive Colombia, país enclavado en la parte septentrional de la América del Sur.

Beverly, como estudiante pragmática de una de las ramas de las ciencias del hombre, ha sabido combinar lo micro con lo macro, y de esa certidumbre, han salido las hilvanadas letras de este libro cuyo contenido nos deleita y entristece, nos ilustra y nos adiestra, nos conmina y nos obliga para con nosotros mismos y para con el resto de la sociedad de la cual somos partícipes.

Beverly, con la habilidad que la caracteriza, ha sabido hacer una descripción operativo-racional del engranaje de una sociedad en crisis, y para ello, nos deleita en estas páginas con un lenguaje llano y sencillo, jocoso a veces y fuerte durante casi todo el tiempo. Aquí ella nos permite vislumbrar la función social del conflicto, ese del cual nos habló Cosser, el sabio investigador.

La novela, en toda la extensión de la palabra, es un trabajo fino y bien hilvanado, escrito con intermitencias que dan la impresión de novela circular, evadiendo algunas veces la linealidad que los críticos consideran ya fuera de la posmodernidad, a pesar de que las grandes obras del momento han sido apetitosamente escritas en forma lineal. Beverly, quizá sin proponérselo, ha desarrollado su trabajo a la manera posmodernista, y por ello su temática a bordo le permite un afianzamiento en la contextualidad literal.

La descripción precisa de los hechos, desde el principio hasta el final, permite al lector entender la azarosa situación de un área de conflicto como es esta del Arauca, quinta área cultural de Colombia, en donde la riqueza exagerada de su geografía y la despoblación de la misma han conformado un fenómeno socio-antropológico de dimensiones incomprensibles para el resto del país, e incluso del mundo.

Con este libro, la cirujana y escritora Beverly Prieto puede estar tranquila porque ya cumplió el mandamiento del sabio Benjamín Franklin cuando afirmó que solo trascienden quienes **"han hecho cosas dignas de escribirse o escrito cosas dignas de leerse".** Beverly se enmarcó en ambas y salió adelante.

ABEL ÁVILA
Escritor colombiano y
profesor emérito de las universidades
del Atlántico y Simón Bolívar
Barranquilla — Colombia

A través de la ventanilla del avión bimotor, la doctora Lianeth Cárdenas observaba el cielo inmensamente azul. Era una mujer de veintisiete años, alta y delgada; usualmente llevaba el cabello largo, pero la decisión de internarse en el monte se acompañó de la promesa de cortarlo casi al rape. Así lo habían decidido Ada y ella, que habían sido compañeras en la universidad, y cuya amistad se había afianzado durante el año de internado que habían compartido en el mismo hospital. Ada Rivera era una joven morena de sonrisa desfachatada; los veintidós no se le notaban por ninguna parte (parecía que hubiera vivido mil vidas) y exhibía con orgullo su rapado militar.

Iniciaron el descenso. La gran llanura se extendía hasta más allá del horizonte, el verde en todas sus tonalidades tapizando el suelo, y una que otra garza volaba aparentemente sin rumbo. La inmensidad del río Arauca se abría camino caprichosamente, como si de una herida que interrumpía la monotonía del paisaje se tratara, mientras unos pocos árboles paridos al azar ofrecían al ganado algo de sombra con la que protegerse del implacable sol del ya casi mediodía. Pensó en cómo harían aquellos animales para distribuirse, si lo hacían de forma casual o existía cierto rango entre ellos que permitía a algunos estar mejor ubicados que otros. No todos quedaban resguardados, y los que no disfrutaban de la sombra pareciera que se dedicaran a mirar con resignación al infinito. «¿Qué grado de conciencia habrá entre ellos?», se preguntó Lianeth.

De repente, el avión bimotor sufrió una abrupta sacudida, lo suficiente como para inquietar a todos sus ocupantes. Pero Ada ni se inmutó; estaba acomodada en el asiento contiguo al de Lianeth, con la mente ocupada en recordar la noche anterior. Jesús, su novio desde hacía un par de años, se iría en dos semanas a Brasil a especializarse en Anestesiología y se encargaría de conseguir la plaza para su especialización en Psiquiatría. No iban a partir juntos porque Ada aún debía el servicio social obligatorio[1], pero su amor era genuino y seis meses pasarían volando. La noche anterior se habían entregado a los placeres del amor, algo que se adivinaba por las profundas ojeras que exhibía. Por un instante, sintió nuevamente sus caricias y escuchó cómo le susurraba al oído promesas mezcladas con propuestas eróticas. Se habían amado con la angustia que produce la inminente nostalgia, aprovechando cada segundo de la noche y cada centímetro de piel, y cualquier cosa valdría la pena por estar nuevamente juntos.

El piloto explicó algo sobre los vientos cruzados para tranquilizar a los pasajeros y prometerles un seguro aterrizaje, y enseguida les dio la bienvenida: habían llegado al aeropuerto de Arauca.

Cuando se hubo detenido totalmente, los doce ocupantes desembarcaron del avión. Lianeth y Ada habían salido de Barranquilla a las cuatro de la madrugada para alcanzar la conexión, haciendo una escala de cinco horas en Bogotá, pero ya habría tiempo para el cansancio. Se sentían un poco nerviosas, y por el momento lo que más les preocupaba era reconocer entre la gente al doctor Germán Ramón Arteaga, secretario de salud del departamento de Arauca y con quien habían hablado días antes para ultimar los detalles del contrato. Al parecer, había una gran urgencia por ocupar dos vacantes en un puesto de salud algo retirado de la ciudad, ya que se acercaban las elecciones y a la actual Administración no le convenía entregar el puesto de salud fuera de servicio por falta de personal. La insistencia del doctor fue tal, que decidieron no esperar a la ceremonia de grado que se celebraría en quince días. Además, el hecho de encontrar trabajo juntas y tan rápido les hizo pensar que era la suerte la que las llamaba a emprender esta aventura. Total, lo de la ceremonia era solo una formalidad y cuanto antes comenzaran, más pronto terminarían el rural[2].

---

[1] Servicio que deben cumplir los recién licenciados en Medicina para el Gobierno colombiano antes de poder ejercer como profesionales de forma independiente.

[2] Equivalente a servicio social obligatorio.

El aeropuerto era limpio y tenía una sola pista diseñada para aeronaves pequeñas. Un calor denso y húmedo iba recibiendo a los pasajeros a medida que descendían del bimotor, como dándoles la bienvenida a un lugar donde parecía que el tiempo se hubiera detenido para dar paso a costumbres y leyes propias.

1

Lunes, 2 de junio de 2008

En urgencias del hospital de Barranquilla reinaba una gran agitación... Eran las dos de la madrugada y había llegado un camión del ejército lleno de soldados que tenían múltiples heridas debido a un accidente de tráfico. Las heridas no eran graves, pero sí requerían una inspección rutinaria y alguna que otra radiografía para detectar posibles fracturas. Los diecinueve soldados se encontraban ocupando todo el pasillo y los internos de turno se encargaban como mejor podían de atenderles a todos.

—¡Esto sí que es humillante, doctora! Que le ingresen a uno en un hospital por estrellarse en un camión, después de haber estado combatiendo contra esos perros de la guerrilla.

—No les diga perros, que ellos son gente igual que usted o yo.

—Doctora... usted sí que está grave. Se ve que no conoce. Ese es otro mundo, allá es la ley del monte y uno no se puede andar con pendejadas porque lo despellejan vivo.

Lianeth miró a Ada con preocupación. Les faltaban menos de dos semanas para terminar el año de internado, y hacía tres días que habían decidido cumplir el servicio social obligatorio en algún departamento designado como *Zona Roja*[3].

—Tranquila, socia. Mientras uno no se meta con nadie, ¿qué nos puede pasar?

Ada y Lianeth se dirigían entre ellas llamándose socias, un término que surgió de los muchos turnos que se intercambiaron para que Ada tuviera

---

[3] Región con presencia de guerrilla.

noches de asueto con Jesús, y otras veces para que Lianeth viajara a visitar a su familia, que vivía a un par de horas de la ciudad. En fin, el compañerismo era mutuo y ya no podían recordar quién lo había utilizado primero, pero quedó establecido como si fuera un título de esos que otorgan los lazos sanguíneos.

—Tienes razón, socia, nada nos puede pasar.

—Ustedes limítense a trabajar… Ah, eso sí, no se vayan a enredar ni con un policía ni con un guerrillero.

Esas fueron las palabras del doctor Sánchez, residente de Medicina Interna, que ese día se encontraba de turno en urgencias y estaba escuchando a Lianeth y Ada. Él se había encargado de contarles su experiencia en el área de Zona Roja, pues su rural había sido en el Caquetá. Era uno de los departamentos más temidos por su alto índice de violencia, pero el Gobierno recompensaba a aquellos que hacían el rural en Zona Roja reduciendo el servicio social obligatorio de un año a seis meses. Este hecho, unido a la aventura de conocer una parte tan lejana del país y los misterios de aquella región les entusiasmaron lo suficiente como para contestar un pequeño anuncio que, tan solo cinco días antes, habían visto colgado en la pared de la oficina de la secretaría del rector. La suerte estaba echada: en doce días partirían para Arauca, Zona Roja.

Jueves, 12 de junio de 2008

—Buenos días, doctor Germán. Habla la doctora Lianeth Cárdenas, de Barranquilla.

—Hola, doctora. ¿Cómo le ha ido? Ya tengo los currículos de ustedes; las estamos esperando.

—Perfecto. Conseguimos vuelo para el sábado, o sea, pasado mañana.

—Ah, eso es estupendo —respondió el doctor Germán—. Así alcanzan a acomodarse y conocer el sitio de trabajo, porque empiezan enseguida.

—Bueno, por eso no hay problema. Deme una dirección a donde dirigirnos cuando lleguemos allí.

—No, no se preocupen, que yo las recibo en el aeropuerto. Me reconocerán enseguida: ya tengo mis años, soy canoso y tengo vitíligo[4]. Yo de todas formas estaré pendiente, porque tengo los currículos que enviaron y por la foto las saco. Además, por acá no es que llegue mucha gente en los vuelos.

Sábado, 14 de junio de 2008

Lo que el doctor Germán no podía imaginar era que aquellas cabelleras que lucían en sus fotos habían desaparecido, y no disimuló su sorpresa al ver a esas dos mujeres casi tusas que alzaban la mano desde la pista del aeropuerto para saludarlo.

—Hagan una fila todos los pasajeros, por favor —dijo alguien con un uniforme militar.

Inmediatamente la sonrisa desapareció del rostro de las médicas, quienes se dispusieron, junto con el resto de los pasajeros, a hacer una fila frente a otro uniformado, el cual se encontraba sentado detrás de un escritorio con algo parecido a una lista. De repente, sin saber de dónde, aparecieron uniformados por todas partes.

—Mierda, socia, se me quitó el cansancio. ¿Esto para qué coño será?

Ada se caracterizaba por su vocabulario desenfrenado, pero, a pesar de su mal léxico, su delicadeza la hacía una persona muy agradable. Estiró el cuello lo más que pudo para oír de qué se trataba el pequeño interrogatorio al que sometían uno a uno a los pasajeros que habían llegado ese día a Arauca. Uno de ellos, al parecer ya experto en esas cuestiones, las tranquilizó diciéndoles que era un procedimiento rutinario para llevar un control de las personas que entraban y salían de la ciudad.

—¿Y de qué equipo son?

Ada sintió un pellizco en su espalda. Sánchez les había hecho prometer solemnemente que no harían preguntas, porque las apreciaba sinceramente y porque era un buen consejo. Esa misma mañana Lianeth le había recordado a

---

[4]   Enfermedad de la piel que causa despigmentación.

Ada que mantuviera la boca cerrada, pero ella quería saber si esos uniformados eran guerrilleros o del ejército.

—Tranquilas —les contestó el pasajero con una sonrisa—. Todos los uniformados que ustedes ven acá son ejército. Los compañeros están más allá, en el monte; después los van a reconocer fácilmente.

—¿Me permite su cédula y me dice su nombre, me hace el favor? —dijo el uniformado secamente.

—Lianeth Cárdenas.

—¿A qué se dedica?

—Soy ama de casa.

Lianeth intuyó que Ada quería elevar su más airada protesta (ella se enorgullecía de decir que era médica, con *a*), así que le lanzó una mirada ejerciendo su jerarquía por la edad. No es que eso sirviera de mucho con Ada, pero algunas veces funcionaba. Así que cuando le llegó el turno dijo resignadamente «Ama de casa».

—Explícame, ¿por qué tuve que decir semejante mentira? —protestó Ada.

—Porque sí. ¿Qué tal que estuvieran necesitando médicos y nos llevan para el monte o quién sabe a dónde?

—Socia, estamos en el monte, por si no te has dado cuenta. Y deja de ponerte paranoica o te va a salir un tumor en el ovario.

Se miraron un segundo y ambas sonrieron. Era muy difícil sacarle el mal genio a Ada, y Lianeth era demasiado precavida; quizá por eso se llevaban tan bien.

Cuando terminaron el interrogatorio, pasaron a otro cuarto donde les revisaron las maletas y les entregaron su equipaje. Lianeth llegó a la conclusión de que no eran tan inteligentes como suponía, pues se habían creído el cuento de las amas de casa visitando porque sí un lugar como ese. «Tarados», pensó.

No les resultó muy difícil reconocer al doctor Germán: el vitíligo estaba bastante avanzado y solo quedaban unos pocos vestigios del color original de su piel. Las saludó muy protocolariamente y se ofreció a conseguirles un lugar donde alojarse antes de ir a la alcaldía. Les contó que por regla general los sábados no se trabajaba, pero que había una reunión en la alcaldía de los funcionarios de la Salud por un brote de dengue que se había detectado unos días atrás, y que estaban preparando el plan de contingencia. El doctor se detuvo a unos cuantos pasos de su automóvil, junto al cual se encontraba un hombre más bien viejo, con un sombrero retado por el tiempo pero orgulloso, que no había dejado de observar a las jóvenes médicas desde el mismo instante en que descendieron del avión.

Saludó con mucho respeto al doctor.

—Buenas tardes, doctor Germán.

—Gervasio, ¿cómo le ha ido? —le contestó este seriamente

El extraño hombre no contestó. Miró a las médicas y, al alejarse con una media vuelta cansada, levantó las manos hacia las forasteras y les dijo que se volverían a ver. «… Más pronto de lo que ustedes creen», pensó.

2

Eran cerca de las dos de la tarde cuando el doctor Germán estacionó frente a la alcaldía. El edificio era más grande de lo que habían supuesto; tenía cinco pisos de altura, y en su entrada se erigía una escultura de unos diez metros de alto de un extraño pájaro llamado arauco. El doctor Germán les explicó, lleno de orgullo, que se trataba de un ave típica de esa región y que esa especie de cuerno que sobresalía de su cabeza la hacía única en el mundo; y que incluso tiempo atrás habían llegado científicos del extranjero a realizar estudios sobre ella, pero que la violencia los había espantado, por lo que el mundo se estaba perdiendo el estudio de esa rarísima especie.

—Bueno, raro sí está; yo quisiera ver uno en vivo y en directo —dijo Ada, al tiempo que cruzaban la puerta de la alcaldía.

—Sí, pero aquí en la ciudad no los hay; quizá cuando les toque hacer las brigadas de salud los vean. Pero sigan para que se conozcan con el resto del personal… —entraron a la sala de plenos, y se dirigió a los allí reunidos diciendo—: Miren, aquí les presento a las nuevas médicas del centro de salud.

Se iniciaron las presentaciones. La mayoría eran personas de la región, provenientes de Saravena, Arauquita, Cravo Norte, Tame, y otras zonas del departamento de Arauca que jamás habían oído en clase de geografía colombiana. Todos eran gente amable y estaban tratando de resolver con gran entusiasmo lo del brote de dengue, además de planear una jornada de vacunación masiva. La impresión de las médicas fue la de un equipo muy entusiasmado y dedicado con empeño al trabajo comunitario, lo cual las agradó y les hizo sentir que habían ido a parar al lugar correcto. Una de ellas las interrogó con especial interés; se trataba de la directora de uno de los puestos de salud de la ciudad, y parecía muy interesada en saber cómo se habían enterado de las vacantes y por qué habían decidido venir desde tan lejos.

—Lo que pasa —respondió Ada— es que en Colombia están saliendo más médicos que pacientes y no es tan fácil conseguir plazas de rural. Alguien de aquí conoce al doctor Napoleón, que es el director de internos de nuestro hospital en Barranquilla. Lo llamaron contándole lo de las vacantes, y él publicó un anuncio en el hospital; por eso nos enteramos.

Ada respondió algo molesta por la manera en que había preguntado aquella mujer, que le había parecido muy impertinente. Lianeth sonrió un poco incómoda por la reacción de su compañera, pero el secretario de Salud intervino enseguida para distender el ambiente que se había formado.

—Bueno, si quieren las llevo a que conozcan un poco la zona y buscamos un sitio donde puedan quedarse.

—Me parece bien —contestó Ada sin dejar de mirar a aquella mujer.

Los tres salieron de la alcaldía y, tras dar un corto paseo por la ciudad, se detuvieron ante una casa con una gigantesca puerta de color marrón.

—Buenas tardes, señora Rosaura. ¿Cómo le ha ido?

—Muy bien. ¿Y a usted que le trae por aquí, don Germán?

—Mire, estas son dos médicas rurales que acaban de llegar, y las traigo para ver si usted tiene plazas aquí en su casa.

La señora Rosaura Cisneros era uno de esos personajes legendarios de la región. Como muchas otras familias, en el pasado su esposo había logrado ganar mucho dinero por lo de la bonanza petrolera; pero cuando pasó el *boom* del petróleo, muchas familias acostumbradas a manejar grandes sumas de dinero se vieron forzadas a trabajar en lo que fuera, por lo que su esposo decidió irse para Estados Unidos a probar suerte (hacía más o menos cinco años). Pero Rosaura prefirió quedarse en su tierra pues, como ella misma decía, no se iba a ir detrás de nadie a pasar trabajo, así que la enorme casa en que vivía les servía de hogar a casi todos los rurales que llegaban a Arauca. Ella se había desempeñado como registradora pública por muchos años, cargo que no solo le permitió conocer muchas partes del país (por aquel entonces, los registradores recorrían lugares que ni siquiera estaban en el mapa para censar a la gente), sino también que ella fuera a su vez conocida por casi todos los habitantes del lugar. Sin embargo, ahora se encontraba haciendo los trámites de su jubilación y su tiempo lo dedicaba a arreglarle la vida a quien pudiera y a la crianza de tres hijos adolescentes. Aunque no era tarea fácil, el carácter de esta mujer parecía estar a prueba de todo. Tenía más aspecto de turca[5] que de llanera, pero se ufanaba de que sus apellidos Cisneros Parales fueran tan llaneros y sus ancestros hubieran sido de los primeros pobladores de esa región.

Les mostró con detenimiento la casa, al tiempo que les explicaba que el lugar no era un hotel, sino un hogar con reglas y costumbres. En el patio había un quiosco de paja donde, según sus explicaciones, transcurría gran parte de la vida familiar. Allí se almorzaba y en la noche se reunían todos a ver televisión. Como tenía disponibles dos habitaciones, la decisión fue tomada inmediatamente: ese sería su hogar los próximos seis meses.

Estaban cada una en su habitación acomodando sus cosas, cuando, de repente, el cielo se oscureció casi por completo y una brisa helada las hizo salir de sus cuartos. Rosaura Cisneros, que estaba sentada tranquilamente en el quiosco, las miró como preguntándoles si ya tan rápido habían desempacado, pero Ada, que era la más extrovertida, preguntó enseguida:

—Bueno, ¿y qué está pasando aquí? ¿Esto es un eclipse o qué?

—Ningún eclipse —contestó Rosaura—. Es que estamos en invierno y va a llover, y parece que bien fuerte.

—¿Invierno? Pero si durante todo el día ha hecho un sol que me tiene achicharrada.

—Pues váyase despidiendo del sol, porque lo que viene es agua venteada, y ese no vuelve a aparecer como en tres días.

Mientras decía estas palabras, gruesas gotas de agua comenzaron a chocar lentamente contra la cubierta de la casa, como si se tratara de una marcha militar. Una parte del tejado era de zinc, lo que realzaba aún más el sonido. Ya estaban acostumbrándose al chapotear lento y constante de la lluvia cuando una

---

[5] Término usado para referirse a los emigrantes árabes.

luz blanca iluminó durante unos instantes la extraña penumbra y un trueno ensordecedor, que hizo vibrar los vidrios de las ventanas, anunció que lo que venía era una verdadera tormenta. Ada y Lianeth fueron a asomarse a la calle, en donde minutos antes se observaban personas paseando desprevenidamente. El agua chocaba con tal fuerza contra el piso, que no se sabía si llovía de arriba abajo o de abajo arriba. La tierra, que ya había saciado su sed con dos meses de invierno, devolvía de sus entrañas el precioso líquido que antes bebiera con avidez, formando charcos a ambos lados de la calle. Las pocas personas que quedaban caminaban apresuradamente buscando refugio. En menos de diez minutos no había un alma. De repente, les dio la impresión de estar en un pueblo fantasma.

—Bueno, por lo menos ya no hace tanto calor —dijo Ada hablando en voz alta para que su compañera pudiera oírla.

—Terminemos de desempacar —contestó Lianeth sin entusiasmo.

Cuando terminaron de instalarse, la señora Rosaura les ofreció una copa de vino Sansón con hielo, lo cual les causó gracia. Se trataba de un vino barato que habían oído mencionar alguna vez en su infancia. Pero en vista de que no había nada mejor que hacer, aceptaron con entusiasmo y las tres se sentaron entretenidas en el quiosco a ver la televisión. Al rato, Rosaura se excusó por un momento, pues quería cambiarse de ropa para disponerse a ver el noticiero. Eran casi las siete de la noche. Ada y Lianeth ya estaban acomodadas disfrutando de la segunda copa de vino cuando, de pronto, decenas de murciélagos aparecieron de la nada. Por un instante, se quedaron paralizadas sin saber qué hacer, al poco tiempo reaccionaron y empezaron a hacer contorsiones para evitar un posible choque o una mordida. En eso, la señora Rosaura salió de su cuarto.

—Bueno, ¿y a ustedes qué les pasa? ¿Es que les está dando un ataque o qué?

—¿Cuál ataque? Mire cuántos de murciélagos. ¡Cuidado, ahí viene uno!, ¡agáchese! —decía afanadamente Ada.

Rosaura, entre risas y burlas, les explicó que esa era la hora de ellos, que vivían entre la palma del techo del quiosco y que no mordían. Y dicho esto, se sentó tranquilamente a ver el noticiero. Ada y Lianeth se acomodaron a su lado y constataron que los murciélagos no estaban interesados en ellas. Todos los esfuerzos por evitarlos les parecieron ridículos. Pronto se acostumbraron a su presencia y pasaron a ser parte de la rutina de la casa: cada noche, a las siete, hora del noticiero, los murciélagos hacían su ronda nocturna y desaparecían con la misma rapidez con la que habían llegado.

3

Tal y como les predijo la señora Rosaura, la lluvia no se detuvo en tres días así que, cuando volvió a salir el sol, Lianeth y Ada se fueron directamente a la alcaldía para formalizar los papeles del contrato.

Un sol picante las obligaba a ir buscando cualquier sombra por el camino. El olor a tierra mojada y a esperanza las hizo sentir animadas, así que saltar los charcos que había dejado la implacable lluvia se convirtió en algo divertido.

En menos de quince minutos estaban en la puerta de la alcaldía. Allí las recibió la doctora Fina Poligresse (todos los de la alcaldía eran doctores, pero ninguno médico). Los Poligresse también eran una familia legendaria en Arauca. Algún italiano decidió hace muchos años esparcir su semilla en el llano; de ahí el apellido que orgullosamente llevaban… Claro que los Poligresse contaban con mejor suerte porque, según la señora Rosaura, tenían tantas cabezas de ganado que no les alcanzaba esta vida para contarlas. Afortunadamente, el primer Poligresse supo dejar a sus descendientes un ingreso seguro por lo que (aunque la inteligencia no era un atributo que los caracterizaba) eran tenidos en cuenta para cualquier acto protocolario y siempre había alguno ocupando un puesto público. Este era el caso de Fina Poligresse: era una mujer muy distinguida, de unos cuarenta y tantos años que se desempeñaba como directora del departamento de vacunación, pero cuyos empleados sabían perfectamente que la organización de cualquier proyecto dependía de ellos mismos, cosa que nunca se convirtió en impedimento para que se llevaran a cabo con éxito los programas. Sin embargo, algo pasaba ese día en la alcaldía…

Tras llamar a la puerta, Ada y Lianeth entraron en el despacho de la doctora Poligresse.

—Buenos días, médicas. ¿Cómo les ha parecido todo por acá? —las recibió la directora desde detrás de su escritorio.

—Bien, doctora. Ya estamos ubicadas y queremos comenzar a trabajar. ¿Qué tenemos que hacer? —contestaron resueltas.

—Bueno, primero tienen que realizar un curso de inducción con estas personas —Les extendió un par de listas—. Es para que se enteren de las enfermedades endémicas de la región y estén preparadas para los protocolos de manejo.

Las listas contenían los nombres de una docena de funcionarios, con un espacio en blanco para la firma de cada uno.

—Bueno, esto será cosa de dos días. ¿Nos da las direcciones, por favor, para salir inmediatamente? —preguntó Lianeth.

—Claro que sí. Miren, esto es en IDESA y estos otros los consiguen en…

—No se moleste —la interrumpió Ada—. Ya vi que están anotadas las direcciones. Gracias, y mucho gusto. Hasta luego.

—Hasta la vista, doctoras, y bienvenidas.

Nada más salir del despacho de la doctora, Ada se apresuró a decir:

—Qué amable la vieja. ¿Cierto, socia?

—Sí, Ada, pero algo no va bien. ¿Entonces cuál era el afán de que nos viniéramos inmediatamente para empezar a trabajar? Bueno, veamos de qué va esto.

El resto del día lo pasaron tratando de conseguir la cita con cada funcionario. Algunos eran muy amables, pero otros les decían que tenían demasiado trabajo, que volvieran al día siguiente.

Eso se repitió un día tras otro, y en las tardes llegaban a su casa cada vez más desanimadas… Hasta que, el viernes, la señora Rosaura decidió intervenir.

—Bueno, ¿y qué es lo que les pasa a ustedes, que parece que estuvieran velando un muerto?

—¿Qué nos va a pasar? ¡Que nos tienen a Lianeth y a mí de aquí para allá recogiendo firmas y yo no veo que nos contraten ni nada! —se quejó Ada.

—Tranquilas, que yo averiguo qué es lo que está pasando. Pero no se preocupen, que si están aquí, es porque las van a contratar.

Así fue. Hizo un par de llamadas y lo supo todo.

—¿Cómo les parece? Que es que ustedes no tienen el diploma y, como se acercan las elecciones, eso es un requisito para que les den el contrato.

—¿Que qué? Ese doctor me va a oír —protestó Ada, realmente indignada—. Yo personalmente le expliqué que la ceremonia era en quince días y él me dijo que no importaba, que ya mismo nos viniéramos para acá.

—Lo peor es que, si no nos contratan, no tenemos ni para el pasaje de regreso, porque yo no pienso llamar a nadie a pedir prestado. Tú sabes que nos vinimos acá pintándole pajaritos a todo el mundo —se lamentó Lianeth.

—Pajaritos no. Yo dije lo que ese señor me contó: que el trabajo era seguro. Y la verdad fue que me convenció, con esa seriedad con la que habla… Pero desde el primer día que lo vi, sentí que no era de fiar. ¿Será que las neuronas también las tiene desmanchadas del vitíligo? Hacernos venir hasta acá para ponernos a recoger firmas… ¡ya mismo nos vamos a hablar con él!

—Ustedes no van a hablar con nadie —interrumpió la señora Rosaura en tono serio—. Siéntense las dos, que yo les arreglo todo. ¿Pa' qué no habrán hablado antes? ¡Yo creí que no les gustaba la comida!

Ada replicó enseguida.

—Bueno, eso también, pero después lo hablamos. Mejor díganos primero cómo nos puede ayudar.

—Yo hablo con la alcaldesa… Ella es medio pariente mía, ¿saben? Aquí la tuve viviendo en esta casa hace algunos años, cuando su marido era alcalde y lo mataron.

—¿Lo mataron y a ella le quedaron ganas de ser alcaldesa? —preguntó Lianeth, incrédula.

—Claro, ¿y por qué no? ¡Si eso es buen negocio! ¿No ven que desde ahí es desde donde se manejan las regalías del petróleo, y a Arauca no le quedan sino tres años de regalías? Así que si no es ahora, ¿cuándo?… Pero después les cuento bien. Dejen y hago la llamada, que ya parecen un par de espantos en pena aquí con las caras largas. Salgan por ahí y se toman un trago, que ustedes no parecen costeñas: no bailan, no toman… Par de viejas. De todos modos ya hoy es viernes y hasta el lunes no trabaja nadie.

—Otro fin de semana aquí sin nada que hacer y sin trabajo, ¿no, socia? Esto hay que solucionarlo.

—Tranquila, Ada, ya esperemos, y más bien vamos a caminar al parque, que hace buen clima. Por lo menos no está diluviando.

* * *

La casa donde vivían quedaba a dos cuadras del parque, un lugar muy bien diseñado, con bancas en todos lados y árboles enormes que parecía que hubieran estado allí desde siempre. Tenía caminos de cemento que lo recorrían todo y confluían en el centro, en una especie de plaza que servía para que los pequeños llaneritos patinaran o montaran bicicleta sin ningún peligro. Allí había heladeros con sus máquinas de hacer helados y la música infantil, que les recordó a las épocas de su infancia en que las llevaban al circo. El parque era además el sitio donde se reunían los viejitos: se podían ver caminando a paso lento, eso sí, erguidos completamente, cada uno con su sombrero y los pantalones típicamente doblados en la parte inferior. El llanero puro, el que vive en la sabana —lejos de la cuidad, en el monte—, no usa zapatos; y el que no es menos llanero pero ha entrado más en la civilización, usa una especie de zapatos de tela muy coloridos que se llaman cotizas, cuya suela está hecha con cuero de vaca y tiene un sonido especial cuando se baila joropo, la música típica de la región.

El parque también servía como único lugar de entretenimiento para los niños. En la mitad, había una zona pavimentada como de veinte metros cuadrados donde un visionario de los negocios (paisa[6], por supuesto) tenía un par de minicarros con capacidad para dos niños, que se movilizaban con electricidad; cobraba mil pesos por darle la vuelta al centro del parque, y los fines de semana los padres se apresuraban a hacer la fila para que sus hijos disfrutaran un paseo que duraba aproximadamente un minuto. Lógicamente, un minuto es muy poco tiempo para cualquier niño, así que cuando terminaba la vuelta, el pequeño llanerito mostraba su insatisfacción dando una demostración de su capacidad pulmonar. Algunos padres hacían nuevamente la fila para librarse del

---

[6]   Oriundo del departamento de Antioquia.

insoportable llanto y otros, los menos pacientes, resolvían la situación con un par de nalgadas, que convertían el anhelo de una nueva vuelta en la indignación que produce el maltrato físico.

Se encontraban entretenidas viendo el espectáculo, nuevo para ellas, rutinario para aquellos que seguramente vivieron mejores tiempos y fueron testigos de cómo su pueblo fue saqueado por la fiebre del petróleo. Lo único que les quedaba a aquellos viejos era su dignidad y las miles de historias que se repetían entre ellos cada tarde. De repente, Ada sintió que una piedra caía en su cabeza, y luego otra, y otra más.

—¡Socia, nos atacan, corre! —gritó.

Lianeth echó a correr inmediatamente detrás de Ada. A los pocos pasos, se detuvieron y miraron alrededor para buscar al culpable de aquel atentado. De repente, Lianeth se dio cuenta de que un pequeño pájaro negro, de más o menos diez centímetros, venía volando derecho a la cabeza de Ada, pasándole por la frente. Cuando esta volteó a mirar a la atrevida ave, otra picoteó certeramente su cabeza, y esta vez sí obtuvieron el botín que tanto anhelaban: unos cuantos mechones de la corta cabellera de Ada.

Lianeth hacía un gran esfuerzo por reprimir la risa. La cara de indignación de Ada le impedía disfrutar de aquel episodio que parecía salido de una historia de ficción. La verdad es que ninguna sabía qué decir, hasta que un viejo que tenía un puesto de embetunar zapatos en un lado del parque se les acercó.

—¿Qué le pasó, guata[7]? ¿Le picaron muy duro la cabeza?

—Bueno, pues no tan duro, más fue el susto. ¿Y a ese pájaro por qué le dio por meterse conmigo?

—Ah… esos fueron los toldillos[8]. ¿No ven que es invierno y para esta época hacen nido? Entonces a veces les da por jalarles el pelo a las mujeres. Pero tan raro que a usted, con el pelo tan cortico… y mire, le arrancaron un buen pedazo, ¿cierto?

Ada se llevaba una y otra vez las manos a la cabeza sin entender si lo que sentía era dolor o susto, o ambas cosas. En fin, después de agradecerle al llanero la explicación y cuando Ada se sintió algo más tranquila, un silencio incómodo

---

[7] Expresión que se utiliza para señalar a los forasteros.

[8] Ave típica de la región.

se produjo entre las dos compañeras, hasta que se descubrieron mirándose con el rabo del ojo la una a la otra. Entonces sintieron la libertad de reírse a carcajadas de lo que acababan de vivir. Tuvieron que buscar una banca en el parque para sentarse; todavía no podían creer que hubieran sido atacadas por unas inocentes aves. Ada jamás supo por qué la habían escogido a ella, pero desde ese día (y todos los días que pasaron por el parque), tenía que cubrirse la cabeza con las manos para no ser picoteada. Eso sí, jamás permitió que le quitaran ni un solo pelo más.

Ada fue la primera en hablar.

—Bueno, y después de esta humillación ¿qué hacemos? Ya tengo hambre.

—Preguntemos dónde hay un restaurante por aquí, porque la verdad, no tengo ganas de ir a comer esa comida tan rara que cocinan en esa casa.

Ada detuvo a un transeúnte y le preguntó por algún restaurante cercano.

—Aquí cerquita queda una pizzería.

—¡Una pizzería! ¡No lo puedo creer! —dijo Lianeth, realmente asombrada—. Díganos cómo llegamos.

El llanero les dio las explicaciones del caso y las dos amigas se dirigieron felices con la expectativa de encontrar un lugar con buena comida.

Ya eran las seis de la tarde. Habían caminado un par de cuadras (todo quedaba a un par de cuadras en ese lugar), cuando divisaron en una esquina un letrero en luces de neón que decía «Pizzería El Encuentro».

Se miraron y decidieron entrar inmediatamente. Lo que encontraron en su interior las dejó más sorprendidas aún: parecía como si estuvieran en otra ciudad. El lugar estaba decorado con muy buen gusto y tenía un televisor inmenso donde pasaban videos musicales constantemente. Para ellas fue como encontrar el paraíso en un lugar donde ni siquiera había un cine y la vida transcurría aparentemente de forma rutinaria.

Se disponían a sentarse, cuando una mujer enorme les dio la bienvenida.

María Alejandra Dakermman era la dueña de aquel lugar. Era una mujer amable, con acento más bien cachaco. Todo en ella era XL: sus manos, su estatura y su nobleza.

—Buenas tardes. Bienvenidas —les dijo.

—Gracias. ¡Qué lugar tan bonito! —dijo Ada—. Es lo más bonito que hemos visto por aquí.

—Ay, no exageren, pero gracias. Ustedes no son de por aquí, ¿cierto?

—No, nosotras somos médicas y vamos a hacer el servicio social obligatorio aquí —dijo Lianeth.

—¡Pero qué bien! Vean, yo no pensaba que fueran médicas. Usted —refiriéndose a Ada— parece algo así como abogada, y usted, como de teatro o televisión.

—Bueno… yo, la verdad, es que jamás pensé en estudiar Derecho, pero en fin, ni modo. Aquí mi socia sí tiene la pinta como embolatada, pero ella no tiene la culpa. Fue su papá. Ja, ja, ja —y las tres rieron a carcajadas.

Ese fue el comienzo de una amistad que se afianzaría con el tiempo. Mary, como le decían, les contó que su familia era de Cúcuta; su abuelo fue un alemán que decidió buscar fortuna por esas tierras y ella, en algún momento de su vida, decidió venirse a Arauca para probar suerte hacía más o menos diez años. Rondaba los cuarenta años, tocaba la guitarra y cantaba muy bien, y llevaba en el alma varias cicatrices que la habían vuelto incrédula para el amor. No había tenido hijos y la vida social no era su fuerte, así que las médicas (como ella les llamaba), entraron fácilmente en el pequeño círculo de su vida personal.

4

Lunes, 23 de junio de 2008

Rosaura Cisneros se despertó ese día dispuesta a solucionar el problema de sus inquilinas. Ellas no entendían cómo una señora ama de casa podía tener tanta influencia política; pero en el llano dos más dos no son cuatro, así que a las diez de la mañana, cada una estaba firmando su acta de posesión.

El doctor Germán, muy caballerosamente, les ofreció mil disculpas por la demora y les explicó que a veces la política era así, que muchas personas gozaban entorpeciendo el trabajo de otras. Ada lo miró con la desconfianza de siempre: definitivamente había algo en él que no le gustaba.

—Bueno, menos mal que ya empezamos a trabajar —dijo Lianeth como para mejorar el mal ambiente que se había creado.

—¿Será que también tiene el pito desmanchado, socia? —le susurraba al oído mientras Germán revisaba los papeles.

—¡Ada! Esos no son comentarios de una médica —le reprochó.

—No, si es que no es la médica la que te lo comenta. ¿Me vas a decir que tú no lo has pensado?

—Ay, Ada, tú siempre pensando en esas cosas.

—Ah, no, eso sí que no. En la única cosa en la que yo pienso es en la de mi Jesús. Y déjame decirte, socia: ¡queeeé cosaaaa!

—Bueno, doctoras, ya con esto queda todo listo. Desde mañana mismo pueden empezar a trabajar, pero si quieren esta tarde pueden ir a conocer el centro de salud.

—Gracias, doctor. ¿Cómo fue que nos dijo que se llamaba el director?

—La directora… Es una odontóloga y se llama Nora Duarte.

No entendieron muy bien por qué una odontóloga era directora de un centro médico, pero tampoco les importó mucho. Ya estaba todo resuelto y les parecía mentira que por primera vez en sus vidas fueran a trabajar.

Al leer detenidamente su contrato, Lianeth encontró un párrafo donde decía que en caso de mala práctica médica podían ser demandadas; esto las hizo recordar a algunos profesores del internado que les decían que estudiaran, que esa era su última oportunidad de embarrarla y responsabilizar al profesor. Otra cosa que también les llamó la atención es que no se iban de la ciudad, sino que habían sido asignadas al centro de salud Miramar. Les gustó bastante la idea, porque Arauca les parecía un lugar tranquilo y pensaban que eran más las especulaciones de los noticieros sobre la violencia que lo que en realidad se vivía en la ciudad. Después de tantos tropiezos, solo cosas buenas podrían suceder.

* * *

—¿Al Miramar? Ah, claro, ese lo dirige Nora.

Estaban sentadas almorzando con la señora Rosaura. Ambas se entretenían en espulgar la comida y apartar la carne, mientras su casera les daba los pormenores de la vida de su directora.

—Esa también es guata. Llegó hará unos dos años aquí para hacer el rural igual que ustedes, por ahí dicen que en una de esas brigadas de salud que hacen para la sabana. Se conoció con algún duro y como que le ofreció el puesto que tiene, y de ahí nadie la ha podido sacar.

—¿Y por qué la han querido sacar? ¿Acaso es mala directora? —preguntó Ada.

—No, no es eso. Es que ella es como jodida y le ha gritado a más de uno allá, y el día que llega de malas no saluda a nadie... bueno, cosas así. La gente va y pone las quejas en la alcaldía, pero eso como que de nada ha valido, porque ahí sigue.

—¿Y cómo así que puede gritar a todo el mundo? ¿Quién le consiguió el puesto? —preguntó Ada.

—Pues los elenos, ¿quién más? En ese puesto de salud no dura ningún médico porque ella les dice que atiendan a quien ella quiere. ¿Será por eso que habrán mandado a dos, pa' que aguanten más? Ja, ja.

Ada y Lianeth se miraron, incrédulas. ¿La directora del puesto de salud donde iban a trabajar había sido contratada por un grupo guerrillero? ¿Era eso posible?

—Pero ¿cómo así? ¿Quiénes son los elenos? —preguntó Lianeth.

—Bueno, mijita, ¿y usted en qué mundo vive? —la reprendió Rosaura—. Miren, aquí mandan por un lado los elenos, que son los del Ejército de Liberación Nacional, y por otro lado mandan los faruchos, o sea, las F.A.R.C., que son las Fuerzas Armadas Revolucionarias. ¿Ustedes es que no ven televisión o qué?

—¿Y cómo va a haber dos grupos enemigos en una misma parte? —preguntó Ada.

—¿Y quién les dijo que estaban en la misma parte? Unos están pa' un la'o y los otros pa'l otro. ¿No ven que todo es un negocio? Ahora para las elecciones, por ejemplo, las F.A.R.C. pone un candidato para la gobernación y los elenos ponen otro para la alcaldía, y así se pueden dividir los negocios; así son las cosas aquí. Pero no se apuren, que mientras ustedes trabajen y no se metan con nadie, no les pasa nada. Aquí nunca se han metido con los médicos.

El timbre del teléfono interrumpió la conversación: era el esposo de la señora Rosaura desde Estados Unidos, así que esta se disculpó y se encerró en su cuarto a hablar. Como a los veinte minutos salió.

—¿Y ustedes todavía están ahí como dos momias? Caminen y me acompañan al centro para recoger un giro y de paso las llevo para que sepan dónde es que van a trabajar. Apúrenle, antes de que empiece a llover.

Se cambiaron de ropa. Cuando no llovía hacía un calor insoportable, y como aún no estaban acostumbradas a la humedad, se cambiaban dos veces al día. Ya no les quedaba mucha ropa limpia, porque en invierno la ropa tardaba hasta cuatro días para secarse, y muchas veces, cuando por fin lo hacía, el olor a humedad era tan fuerte que había que lavarla de nuevo y esperar otros cuatro días, a ver si el sol se dignaba a aparecer y acelerar el proceso de secado.

La joven que se encargaba de hacer el aseo en casa de doña Rosaura diariamente y lavar una vez por semana se llamaba Albenis Dita. Algunas veces llegaba con la cara hinchada por un golpe que se había dado sin querer atendiendo al niño (tenía un hijo de dos años de edad). Ese día, había llegado tarde por la misma razón. Lianeth y Ada decidieron hablarle abiertamente.

—Ese golpe que tienes en la cara no es de una caída, Albenis —dijo Lianeth.

—Sí, doctora, esta mañana me caí. Por eso es que llego a esta hora, ¿no ve que no tenía con quién dejar al niño?

—Mucha caída, ¿oíste? Muéstrame dónde fue el manoplazo —le ordenó Ada a Albenis, que se quedó muda—. Mira, Albenis, si eso es una caída, yo no pasé por Medicina Legal. Eso es un puñetazo que te conectaron, y no nos vengas a echar cuento.

Ada le sostenía la cara con sus manos. A pesar de su modo de hablar tan desparpajado, una mirada de profunda ternura hizo que aquella diminuta mujer de facciones indígenas, que llegaba cada mañana altiva a hacer el aseo y lavar la ropa, dejara su aparente fortaleza para derrumbarse ante este acto de solidaridad que nadie había tenido nunca con ella. Ada la acogió en sus brazos mientras renegaba con palabras obscenas sobre el marido.

—Te lo dije, socia, ese malparido la levanta a puño cada vez que quiere. Cuéntame, ¿por qué te pegó el huevón ese? —le preguntaba mientras la sostenía en su regazo.

—Lo que pasa, doctora, es que él es muy celoso, y como yo me vengo para acá temprano, él cree que es que me veo con alguien y eso. No me deja ni hablarle cuando ya me está pegando —contestó Albenis, ahogada en llanto.

—Cálmate, Albenis —dijo Lianeth—. ¿Entonces por qué no lo dejas?

Al oír esto se separó rápidamente de Ada para asumir nuevamente el aire de mujer autosuficiente que siempre pretendía.

—No, si él me quiere mucho. ¿No ve que por eso es que me cela?…

Nuevamente una mirada de incredulidad se cruzó entre ellas. Rosaura, que observaba desde la puerta, les hizo señas para que se apuraran, en tanto que ellas se despidieron de Albenis advirtiéndole que la conversación no terminaría allí.

—Vean, ustedes no vinieron aquí para convertirse en redentoras de nadie —les dijo Rosaura con tono serio cuando se fueron—. No se metan en lo que no las llaman. Aquí los hombres les pegan a las mujeres desde que yo me acuerdo, y las que se lo aguantan es porque piensan que así es como las quieren. Y el que no le ha puesto la mano encima a su mujer alguna vez es porque o no es de aquí, o la mujer es la que le da su guarapazo de vez en cuando. Ya les dije que vean, oigan y callen, así no se meten en ningún lío.

—Sí, señora —contestaron a coro.

Se sentían impotentes, pero entablar una discusión en ese momento les parecía inútil, así que la cara de resignación que se les quedó convenció a Rosaura del total dominio de la situación.

* * *

La "zona bancaria" quedaba frente al parque. Allí estaban las sucursales de las tres o cuatro entidades que tenían representación en Arauca y, por supuesto, la Caja Agraria. Ya se encontraban haciendo la fila para cobrar el giro, cuando una manifestación de más o menos cien personas distrajo su atención.

—¿Y esto? ¿Una huelga? —preguntaron atropelladamente mientras se acercaban a la ventana para observar mejor.

Rosaura, que ya se encontraba contando su dinero, se bajó las gafas para observar casi sin interés lo que sucedía en la calle.

—Ah, esa es la gente de Antonio Poligresse, que se va a lanzar para la alcaldía. Pero ese se ahoga —y, sin prestarle atención al asunto, se concentró nuevamente en contar su dinero.

Lianeth y Ada se entretuvieron observando las características físicas de la gente de la región. En la mayoría de los llaneros se funden las facciones indígenas con los rasgos característicos de la gente del interior del país: piel trigueña, estatura mediana, constitución más bien robusta, pelo negro… En fin, no eran algo espectacular, pero sí personas muy amables y abiertas. Algunos llevaban pancartas refiriéndose al candidato que estaban apoyando mientras otros repartían folletos de la campaña, explicando por qué debían votar a Antonio Poligresse. Ya casi terminaban de pasar, cuando dos explosiones seguidas hicieron que se dispersara todo el mundo en menos de un minuto. La tranquilidad que habían sentido hasta ese momento fue remplazada inmediatamente por el pánico. Las personas corrían de un lado a otro y, dentro del banco, el único agente de policía se apresuró a cerrar la puerta y hablar por radio para reportar lo que estaba sucediendo.

—¡Toma guerrillera! ¡Toma guerrillera! —gritaba Ada casi histéricamente.

Lianeth trataba de calmarla, pero no le salían las palabras; sentía que las piernas le temblaban y los pensamientos le cruzaban atropelladamente por la cabeza.

Todo sucedió muy rápido. En la calle no quedaba nadie, todos habían desaparecido como por arte de magia. Las pancartas estaban tiradas por todas partes y el agente aún trataba de dar el reporte de lo que sucedía.

—Repito, dos detonaciones, no ubico el origen desde mi posición. No reporto bajas hasta ahora.

—*Confirmo. Ya enviamos refuerzos, cambio* —contestó una voz por la radio.

Ada esperaba que de un momento a otro entrara en el banco un frente guerrillero anunciando un secuestro masivo (actividad muy de moda). Lianeth pensaba que si se las llevaban, morirían lejos de sus familias y nadie volvería a saber jamás de ellas.

La angustia se reflejaba en los rostros de las personas que casualmente se encontraban juntas ese día. Se miraban unas a otras, como a la expectativa de quién tomaría la iniciativa, hasta que todas las miradas se encontraron dirigidas al agente de policía, un joven como de veinte años que prestaba su servicio militar y que, por caprichos del destino, se encontraba muy lejos de su hogar. Él tampoco sabía qué hacer. Para evitar al angustiado público, hablaba sin parar por el radiotransmisor informando los detalles de lo que acababa de suceder, una y otra vez. Afortunadamente, en menos de cinco minutos llegó un camión del ejército haciendo todo un despliegue de poderío. Jóvenes pintados a lo Rambo descendían del camión como hormigas.

—Bienvenidas a Arauca —murmuró Rosaura casi entre dientes a sus jóvenes inquilinas. El respaldo militar dio cierta tranquilidad a todos—. No se preocupen, que aquí no matan a nadie —les hablaba en tono muy serio—. Eso es una advertencia de los *muchachos* porque no están de acuerdo con uno de los candidatos y ya le han pedido varias veces que se retire. Tranquilas, que aquí no se meten sino con el que se tienen que meter.

—¿Cuál? ¿Ese de la manifestación? —preguntó Ada, ya algo recuperada.

—No —contestó Rosaura con un ademán de fastidio—. ¿No han leído lo que le escriben al pobre debajo de los carteles que están pegados en las paredes? Lean…

—Antonio Poligresse, se ahogó otra vez.

—Si hasta en verso le sale. No es con ese, es uno que es cristiano y tiene un movimiento aparte. Ellos le propusieron que se esperara para las próximas elecciones, pero como se siente apoyado por el pueblo, no les ha hecho caso y lleva ya como tres atentados.

—¿Y usted cómo sabe todo eso, señora Rosaura? —preguntó Lianeth.

—Porque yo estoy con él.

—Está loca, señora Rosaura —le dijo Ada con los ojos casi desorbitados—. ¿Y para qué se mete en esos líos? Si usted misma dice que ellos son los que ponen los candidatos, ¿para qué se busca un problema?

—Ningún problema. Este fin de semana tenemos cita para arreglar lo de la candidatura, allá en el monte. Yo voy a hablar para decirles, porque a mí me gustan las cosas de frente, y después de que ellos sepan del lado de quien está uno, eso no hay problema.

Nuevamente la sorpresa invadió a las jóvenes médicas. ¿Cómo era posible que pidieran cita para hablar con la guerrilla? Eso quería decir que mucha gente sabía dónde se encontraban. Entonces, ¿por qué no había enfrentamientos, si ya estaban localizados?

—Si quieren, me acompañan.

Un "¡nooo!" a coro fue la respuesta de ambas. Rosaura no dejaba de sorprenderlas.

Después de revisar la zona, el ejército le hizo señas al agente de policía del banco indicándole que no había peligro, así que procedió a abrir la puerta y lentamente fueron saliendo todos los clientes. Rosaura les indicó que esperaran para salir de las últimas; Lianeth y Ada aún no se recuperaban del susto y ninguna quería salir del banco.

—Caminen, que eso no pasa nada; ya les expliqué cómo es que es la cosa por acá.

—Bueno, pero yo creo que mejor nos vamos para la casa —dijo Ada con voz preocupada.

—Bueno, como ustedes quieran, caminen para hacer una llamada y les contrato un carro para que las transporte todos los días, porque el sitio ese sí es lejitos y el barrio es un poco peligroso.

—¿Qué tan peligroso? —preguntó esta vez Lianeth con los ojos casi en blanco.

—Peligroso es que es de gente de invasión, o sea, desplazados, y por ahí roban y pasa una que otra cosita. Pero ustedes lleguen al centro de salud, y de allí que las recoja el carro en la puerta, y se acabó el problema.

* * *

En efecto, Rosaura hizo un par de llamadas y, como siempre, les arregló el transporte o —en sus términos— "la contrata" en setenta mil pesos mensuales. Recogerlas a las siete y treinta, luego a las doce, otra vez a las dos y por último, a las seis de la tarde, de lunes a viernes. Mientras ella cerraba el negocio con toda propiedad, Lianeth y Ada estaban pensando en llamar a sus casas para informar lo que había ocurrido.

—Yo creo que mejor no, socia —dijo Ada—. ¿Qué tal que a los viejos se les dé porque nos devolvamos cuando ya arreglamos todo? Mira que no hubo ni un muerto...

Se encontraban decidiendo si llamar o no, cuando el timbre del teléfono las distrajo. La llamada era para Ada desde su casa, pues se había anunciado como noticia de última hora la detonación de una bomba en Arauca. Por fortuna, el miedo ya no estaba presente, sino al contrario: por extraño que parezca, les comenzó a invadir una sensación de pertenencia hacia aquel lugar. Ambas habían oído hablar del síndrome de Estocolmo, un fenómeno psicológico muy interesante que sucede en casos de secuestro, cuando la víctima se identifica con su captor y hasta llega a defenderlo. Durante el secuestro, debido a que el secuestrado depende totalmente de su raptor, este llega a ser para él como un Dios, ya que su vida está en sus manos; y cuando lo liberan, el capturado siente una inmensa gratitud hacia la persona que le permitió vivir. Incluso se han dado casos en que el vínculo era tan fuerte que, cuando recupera su libertad, el secuestrado entra en estado de depresión por la ausencia de aquella figura que por un tiempo lo fue todo para él.

Pero en este caso no había un secuestro: solamente el pánico de sentir que la vida podía terminarse en un segundo en ese lugar.

Ada contestó la llamada:

—No, mami. ¿Cómo se te ocurre? Eso fue lejísimos de donde estábamos, ni siquiera la oímos.

Lianeth pasó al teléfono y confirmó la versión de Ada. La mamá de Ada confiaba plenamente en Lianeth, así que esto no tuvo trascendencia. Sin embargo… ese momento las marcaría definitivamente.

* * *

Martes, 24 de junio de 2008

—¿Qué es tu desayuno, socia? —preguntó Ada.

—Un tinto y una galleta de soda —contestó tristemente Lianeth.

La señora Rosaura era la mujer más intrépida que habían conocido en ese lugar; con ella se sentían seguras, y ya hasta había sido confidente de las cuitas de amor de Ada y Jesús, y decía que se dedicaría a encontrarle un buen partido a Lianeth para que por lo menos aprendiera a bailar joropo y supiera lo que era una revolcada llanera. Pero en cuanto a la comida, la señora Rosaura no tenía virtudes. Solamente cuando invitaba a su amante, Hazahel, preparaba platos exquisitos… aunque nunca se atrevían a preguntar qué estaban comiendo porque, según ella, todo lo que corre y vuela, podía echarse a la cazuela.

—¡Llegó el carro por las médicas! —gritó la menor de las hijas.

—¡Ya vamos! —contestaron las dos a coro.

—Buenos días, doctoras. Sigan.

El llanero les abrió la puerta de su carro, esperó a que entraran y la cerró. Se miraron impresionadas. El hombre costeño por lo general no es así de galante, y se sintieron muy bien.

—Mi nombre es Ismael, pa' servirles, dotoras.

—Bueno, Ismael, llévenos para el centro de salud Miramar, por favor.

—Listo, dotoras. Claro, pa'onde Nora. Enseguida las llevo.

Durante el camino, Ismael y las médicas entablaron una agradable conversación. Era un hombre corpulento, con una sonrisa muy espontánea, y entraron rápidamente en confianza.

—Ojalá que se lleven bien con ella, porque ustedes parecen buenas personas. Lo que pasa es que la gente dice que ella es grosera, pero qué va… ella es una guata muy querida, ella es de los nuestros.

Lianeth miró a Ada inmediatamente para evitar que preguntara quiénes eran "los nuestros". Afortunadamente, el carro se detuvo en el centro de salud Miramar. Habían llegado a su sitio de trabajo, así que se despidieron de Ismael, quien les prometió que las recogería a las doce en punto.

Bajaron del carro y se dispusieron a entrar a la casa campestre que había sido adaptada para que funcionara como centro de salud. Era muy bonita, rodeada de árboles y con una pequeña siembra de caña de azúcar en una esquina. El lugar les fascinó inmediatamente. Más adelante, se encontraron con la impertinente mujer que las había interrogado en la alcaldía.

—¿Quién será esa? —preguntó Ada en voz baja.

—Que no vaya a ser quien estoy pensando —contestó Lianeth.

—¿Ustedes son las nuevas médicas? —les preguntó la mujer, con las manos en la cintura.

—Sí, somos nosotras —respondieron. Definitivamente, ella era la directora del centro de salud.

—Bueno, sigan para mostrarles dónde va a trabajar cada una. Les digo enseguida que aquí el horario se cumple.

—Buenos días —le dijo Ada en voz alta—. ¿Cómo amaneció?

Nora no se detuvo, solo volteó la cara y contestó:

—Bien, como siempre… —y siguió caminando.

El resto de la mañana fue para inventariar todos los equipos que tenían a su cargo. Había electrocardiógrafo y Doppler para auscultar la fetocardia. Estaban muy bien equipados. Lianeth se interesó inmediatamente por el material de cirugía, ya que ese sería su campo. Firmaron decenas de formularios en los que decía que habían recibido todo en perfectas condiciones. Al terminar con el inventario, Nora las hizo llamar hasta su oficina.

—Bueno, díganme, ¿qué saben ustedes de Ley 100?

—Nosotras… bueno, no sabemos mucho sobre eso. La verdad es que lo que nos interesa es atender bien a los pacientes y terminar el rural sin ningún problema —contestó Ada.

—¡Quién les está hablando de problemas! Lo que pasa es que uno sí tiene que saber en qué se está metiendo. Aquí les dejo una copia para que se la lean; cuando la terminen, me la devuelven y seguimos conversando.

Era un documento como de cincuenta hojas donde explicaba el porqué de la Ley 100. Lianeth recordaba algún trabajo que había tenido que hacer en la universidad sobre ese tema, pero este documento era diferente. Aquí se cuestionaba el papel del Gobierno en la salud de los colombianos y cómo habían sido víctimas del abandono por parte de los "oligarcas" que durante tantos años habían tenido el poder.

—Esto no es ninguna Ley 100 —le dijo Lianeth a Ada—; parece más bien una protesta, ¿qué le pasa a esta vieja?

—No sé —contestó Ada—. Pero por ahora hagámonos las locas, no le digamos nada sobre esto, a ver ella con qué nos sale.

—Tienes razón, mejor preguntemos cuándo es que vamos a atender pacientes.

Se dirigieron a un cuarto adaptado como oficina desde donde funcionaba la parte administrativa del centro de salud. Allí encontraron a una pequeña mujer pegada a un computador, sacando cuentas afanosamente.

—Buenos días —les dijo al tiempo que se quitaba los lentes de gran aumento—. Ustedes son las nuevas médicas, ¿cierto?

—Sí, mucho gusto —contestó Ada—. Queremos saber cuándo empezamos con los pacientes.

—Esta misma tarde, médicas; ya les estoy cuadrando las citas. Empiezan a las dos en punto —contestó con una amable sonrisa—. Mi nombre es Flora. En lo que les pueda colaborar, estoy a la orden, y bendito sea Dios que ya tenemos médico otra vez.

Nora no estaba en el centro de salud; al parecer había salido para la alcaldía a organizar lo de la primera brigada de salud.

—Sí, ya ella debe estar organizando eso —les explicaba Flora—. A ella le gusta mucho irse para el monte y ayudar a la gente. Ella es muy buena para eso y consigue bastantes medicamentos para llevar por allá. No demora en llegar. ¿Necesitan algo?

—No, es que queremos saber qué más hacemos, porque ya está todo listo y queremos empezar a trabajar —contestó Lianeth.

—Dios las bendiga, doctoras, y ojalá que les dure el entusiasmo, porque aquí todos llegan con ganas y cuando pasan unos meses ya empiezan a pedir permisos, dizque para arreglar asuntos personales, pero eso es mentira. Lo que pasa es que se aburren y ya no quieren ni venir por acá.

—No se preocupe, que a nosotras nos gusta lo que hacemos —respondió Ada genuinamente entusiasmada.

A las doce en punto se detuvo el taxi en la puerta del centro de salud. Ambas médicas estaban ya esperando y no demoraron en emprender la ruta de regreso a casa de la señora Rosaura.

—Buenas… ¿cómo les fue? —preguntó Rosaura al verlas entrar.

—Muy bien —respondieron casi al unísono—. Comenzamos esta misma tarde.

—¿Se fijan, que si estaban aquí era porque la contrata sí les salía? Ahora van a ver cómo el tiempo se les pasa volando. Eso en menos de lo que creen, ya están de vuelta para sus casas.

5

Viernes, 8 de agosto de 2008

Nuevamente las palabras de Rosaura Cisneros se cumplían con precisión. Los días pasaban con asombrosa rapidez, y el volumen de pacientes era tal que a veces no tenían tiempo para hablar entre ellas. Cada una tenía un consultorio bien equipado y una auxiliar de enfermería que se encargaba de tomar la presión arterial y pesar al paciente antes de entrar a consulta.

Nora entraba y salía del centro de salud durante todo el día. Después de todo no resultaba una mujer desagradable, sino que era más bien exigente, y eso algunas veces molestaba a las personas que estaban acostumbradas a trabajar a su propio ritmo.

—Como que nos ha dejado tranquilas la Nora, ¿ah, socia?

Ada y Lianeth conversaban despreocupadamente una tarde que no había mucho que hacer. Ya había pasado un mes y el principal tema de conversación entre los trabajadores de la alcaldía era que ya habían llegado las regalías y que muy pronto pagarían el sueldo, así que hacían cuentas de las deudas que tenían por pagar y cómo repartirían lo que quedaba. Ada y Lianeth escuchaban atentamente cómo aquellas mujeres, la mayoría cabezas de familia, mantenían hijos, pagaban arriendo, hacían mercado y hasta se hacían cargo de otro miembro de la familia que estuviera en desgracia, todo esto con un sueldo que muchas veces no sobrepasaba el salario mínimo.

—Verdaderamente valientes estas llaneras, ¿cierto, Ada? Y pensar que se dejan maltratar tanto de los hombres, siendo ellas quienes trabajan… Mira a Albenis; ahí sigue llegando con sus chichones y si uno le habla mal del marido… ¡Uf! Hasta ahí llegó la conversada.

—Sí, tienes razón, socia, pero también hay algunas que no se dejan. De todos modos, acuérdate que son siglos que llevamos en el anonimato, y eso debe de haber afectado nuestros genes. Además, mira dónde estamos… claro que esto que vemos aquí es lo mismo en todos lados.

—Exactamente, a eso es a lo que me refiero. ¿Te das cuenta de que en este centro de salud todas somos mujeres? Los únicos hombres son los celadores; el resto son las auxiliares, la vacunadora, la directora, la de contabilidad… y como que en estos días ya llega una odontóloga de Bogotá para hacer su rural aquí en el Miramar. Y si te acuerdas, en la alcaldía la mayoría también son mujeres. Ellas han luchado por necesidad o por gusto propio contra esos siglos de anonimato que tú dices y han logrado un lugar como fuerza laboral; pero parece que no lo disfrutan como un logro propio, sino como una carga que tienen que asumir, porque el marido les salió flojo. Claro que no todas, yo estoy hablando de lo que he podido darme cuenta con mis pacientes… Tú sabes que nosotras atendemos gente muy pobre y que cada estrato social tiene su propia historia.

—A propósito de los pacientes, Lianeth. Imagínate que esta mañana vino una señora para ver si yo les podía colocar el dispositivo a unas ocho empleadas de ella. Yo le pregunté de qué edades, y me dijo que de dieciocho años más o menos, pero que ella no quería que se cuidaran con pastillas porque se iban para el monte como por tres meses a un contrato… Me imagino de qué clase.

—¿Y tú qué le contestaste?

—Pues yo le dije que las trajera para explicarles a ellas de qué se trataba este método anticonceptivo y que si ellas querían, pues ni modo, se los ponía.

—Pues sí, es preferible eso a un embarazo no deseado.

La conversación fue interrumpida por una visita inesperada: en la puerta del consultorio se encontraban Germán Arteaga y Nora. Lianeth y Ada no habían vuelto a ver al doctor Germán desde aquella vez en la alcaldía que firmaron los contratos. Como siempre, se encontraba muy serio y saludó con su exagerado protocolo.

—Me da mucho gusto verlas —decía mientras les estrechaba la mano—. He oído cosas muy buenas de ustedes, los pacientes están contentos. Las felicito —terminó diciendo con una gran sonrisa. Nora se encontraba a su lado sin decir ni una palabra. A pesar de disimularlo, ella se encontraba muy complacida por el rendimiento de su centro de salud, y especialmente porque sus médicas jamás decían que no cuando llegaba algún paciente, ni se negaban a visitar en sus casas a los que no pudieran llegar hasta el Miramar.

—Les tenemos una noticia —dijo por fin Nora—. La otra semana tenemos la primera brigada de salud; estamos esperando a que llegue la odontóloga para completar el equipo.

Las médicas se entusiasmaron inmediatamente. Habían esperado ese momento desde que empezaron a trabajar porque, además de ofrecer atención a la gente necesitada, era una manera aparentemente segura de conocer otros lugares fuera de Arauca.

Germán les explicó detalladamente cómo se realizaba la brigada y a dónde tenían que ir.

—Ustedes montan en voladora, ¿cierto?

—¿Y qué cosa es una voladora? —preguntaron.

Después de describírsela, entendieron que se trataba de una pequeña lancha con motor fuera de borda.

—Claro, no hay problema —contestó Lianeth más entusiasmada que Ada—. ¿Y por qué hay que ir en voladora?

—Bueno, es que la primera brigada va dirigida a una comunidad que vive en un caserío que se llama El Vapor. Allá se puede llegar por carro, pero ahora en invierno las carreteras están muy malas y es mejor ir por el río.

El doctor Germán se tomó su tiempo para explicarles lo importante que era que la comunidad se sintiera bien atendida, y les pidió una lista de los medicamentos que ellas consideraban que se necesitaban con mayor urgencia.

Nora observaba con agrado el entusiasmo de sus médicas por explicarle al doctor Germán lo que consideraban indispensable para la brigada. Ambas demostraban que en tan solo un mes habían logrado conocer a fondo las necesidades básicas de la comunidad. De repente, Ada interrumpió la conversación.

—Bueno, doctor, ¿y qué tan seguro es ese lugar?

Germán sabía perfectamente a qué se refería, así que una sonrisa de superioridad se dibujó en sus labios. Sin embargo, él quería jugar.

—No entiendo, doctora… Ah, ya sé. No se apure, que la voladora no se voltea —respondió mirando a Nora.

—¿Tú vas con nosotras, Nora? —le preguntó Lianeth.

—Sí, yo voy. No se preocupen, yo conozco el sitio; es muy pobre, pero bien bonito. Allá puede tomar fotos, usted, que siempre la veo con la cámara para todos lados.

Después de ese comentario, la conversación se llevó de manera más relajada. Lianeth estaba mucho más entusiasmada que Ada, ya que a esta no le gustaban las incomodidades, ni el calor, ni los mosquitos… pero estaba dispuesta a vivir la experiencia.

* * *

Como ya era costumbre, esa noche fueron a cenar a El Encuentro. Al llegar a su casa después del trabajo encontraron un mensaje de María Alejandra, diciéndoles que pasaran urgentemente por la pizzería. Mary se había convertido en su mejor amiga en aquel lugar y la nota las preocupó, por lo que decidieron salir inmediatamente.

Al llegar, presintieron que algo andaba mal. Su querida amiga no las recibió con el entusiasmo de siempre; por el contrario, una gran tristeza se le reflejaba en la cara.

—Hola, médicas. Estaban perdidas, ¿qué se habían hecho que tenían como dos días que no venían por acá?

—Nada, Mary —contestó Ada—. Todo está bien, lo que pasa es que con este calor a veces no dan ganas ni de salir. Y tú, ¿cómo estás?

—Bueno, pues… será decirles que bien, aquí luchando con la situación para salir adelante, pero no me puedo quejar, porque trabajo es lo que hay. ¿Y qué más?, cuéntenme, ¿qué van a comer?

—Nada de eso —dijo Ada—. Cuéntanos tú, ¿qué significa esa nota que nos dejaste?

—Ay, pues nada, de verdad. Es que me sentía un poco triste; pasé a buscarlas, y como no habían llegado, les dejé la notica como para desahogarme. Pero ya me siento mejor, no se preocupen.

—¿Cómo que no nos preocupemos, Mary? —intervino Lianeth—. Si tú eres nuestra amiga, queremos saber qué te pasa. Dínoslo.

—Pues vean —dijo con resignación, al ver que no iban a darse por vencidas—. Es que hoy me llegó una respuesta del Bienestar Familiar. Yo siempre he querido tener un hijo o una hija, ¿saben?, y metí los papeles para adoptar; pero como no soy casada y ya tengo casi cuarenta años, me dijeron con palabras muy bonitas, claro, pero finalmente me dijeron, que yo no cumplía con los requisitos, pero que sin embargo esperara, por si de pronto…

Al decir esas palabras, sus ojos se llenaron de lágrimas. Ada, como siempre, despotricaba del sistema, diciendo que tanto niño con hambre en el mundo y se agarraban de cualquier cosa. De su boca salían insultos que María Alejandra jamás había escuchado. Lianeth, en cambio, tenía cara de preocupación. Sabía el impacto que esta noticia causaba en la vida de Mary, ya que muchas veces habían conversado sobre el tema. Trató de brindarle algo de apoyo, pero sabía que, en ese momento, lo más sano era que Mary sacara todo su dolor. Un fuerte llanto cargado de rabia y soledad brotó de aquella mujer; ya no se veía tan grande. Ada había dejado de blasfemar para unirse a la tristeza que rodeaba la atmósfera del lugar. Sin que fueran necesarias las palabras, las tres se unieron en un abrazo. Permanecieron así por un instante hasta que Ada rompió el silencio.

—Bueno, Mary, por ahí dicen que podrás olvidar con quién reíste, pero jamás olvidarás con quién lloraste.

Lianeth y Mary se quedaron mirándola. No era usual que Ada tomara las cosas tan en serio; más bien era por defensa que por falta de sensibilidad.

—Ajá. ¿Y por qué me miran así? —preguntó, al tiempo que se llevaba las manos a la cintura—. Anímate, Mary, que si está de Dios que tú tengas tu mucharejito, pues lo tendrás. ¿Cómo se llama la directora del Bienestar? Tú debes conocer a alguien que te haga la palanca, o si quieres hablamos con la señora Rosaura, que ella como que ha criado a medio pueblo, porque les conoce la vida a todos.

—Sí, Mary —intervino Lianeth—. Algo se podrá hacer, no te preocupes. Además, no creo que el destino, o Dios, o quienquiera que sea, vaya a impedir que un niño no reciba todo lo que le puede brindar una persona tan buena como tú.

—Y además, sería heredero único —dijo Ada en tono de burla—. Imagínate, dueño y señor de todo esto…

—Bueno, la verdad es que yo siempre he pensado en una niña… pero no importa, lo que Dios quiera, yo lo recibiría. Pero tienen razón: pongámonos positivas que todo va a salir bien. Digan, a ver, ¿qué quieren comer hoy?

—Bueno, queremos una porción de espagueti dividida.

—Definitivamente, ustedes sí comen como pajaritos, ¿no?

—No, no es eso, es que ustedes comen como si fuera la última cena; yo con un plato entero no puedo —contestó Ada—. Además, hoy vamos a tomar cerveza.

María Alejandra se sorprendió, porque el alcohol jamás estaba dentro del menú de sus queridas amigas.

—¡Pero qué bien…! Adita, cuénteme, ¿qué celebramos? No me diga que se despresurizó aquí en Arauca, porque usted está muy tragada de ese Jesús.

—Y continúo, Mary, continúo —contestó Ada, a la vez que se erguía para asumir una actitud de exagerada dignidad.

Al ver este gesto, las tres sonrieron. Ada siempre le sacaba chiste a todo.

—Precisamente, lo que pasa es que esta mañana recibí una llamada de Jesús en el centro de salud y me dijo que ya tenía listo lo de la especialización, que organizara los papeles para adelantar todo, y parece que tengo que viajar a Bogotá para sacar la visa de estudiante en el consulado de Brasil, ¿qué te parece, Mary?

—No, pues, ¡dígame! Tiene toda la razón para estar contenta. ¿Y cuándo viajaría?

—Bueno, eso depende —le contestó animadamente Ada—. Primero, de que nos paguen, y segundo, de sacar el permiso con Nora.

—Por lo primero no te preocupes, Ada —comentó Lianeth—, que ya es seguro que abonaron a las cuentas hoy, así que mañana ya podemos retirar platica. Parece que es verdad eso de que son muy cumplidos en el pago por aquí. Y por el permiso, eso sí creo que te va a tocar esperar hasta después de la brigada.

—¿Cuál brigada? —preguntó Mary.

—Es que la otra semana nos vamos para un lugar llamado El Vapor —comentó Lianeth emocionada.

—¡Uy! Eso queda como a dos horas por el río. Tienen que llevar comida —les comentó Mary—. Conociéndolas, ustedes se mueren de hambre por allá. Y lleven gorras y agua. Caminen y yo les presto unas cachuchas, que el sol por allá es bien bravo.

Como siempre, María Alejandra asumía el papel de protectora. En menos de cinco minutos, cada una tenía una gorra, un termo y una lista de lo que deberían comprar para no pasar trabajo. Nora les había dicho que probablemente se quedarían dos días en aquel lugar.

—¿Y qué día se van?

—El día exacto depende de la llegada de la nueva odontóloga —le contestó Lianeth—, pero no pasa de la otra semana.

—Ustedes ya saben —dijo Mary—, cuídense mucho y no hablen más de la cuenta —Al decir esas palabras miró fijamente a Ada y nuevamente se rieron, mientras Álex, el mesero y mano derecha de Mary, se acercaba con la comida.

—Buen provecho, doctoras.

—Gracias, Alex —contestaron.

—Bueno, ¿y qué van a hacer mañana? —preguntó Mary.

—Yo tengo que ir a Telecom a llamar a Jesús para terminar de comentarle todos los detalles y, claro, también a mi casa para contarle a mi mamá que me aprobaron la residencia… claro que ella no sabe que Jesús está incluido en el paquete —terminó diciendo en tono de complicidad.

—Se lo preguntaba porque mañana tengo que ir a El Amparo, el pueblito ese que uno mira al otro lado del río. No sé si quieren acompañarme para que conozcan.

—Por supuesto que sí —contestó Lianeth entusiasmada—. Pero no tenemos pasaporte. ¿Eso es Venezuela, cierto?

—Sí, pero no se preocupen, que para llegar hasta allá no piden ni la cédula; se puede ir en canoa o en carro, como ustedes quieran.

—En canoa —contestaron a coro.

—Sí, en canoa —insistió Ada—. Así vamos ensayando para lo de la brigada.

* * *

A las diez en punto, tal y como habían quedado la noche anterior, María Alejandra ya estaba en la casa de sus amigas.

—Buenos días. ¿Ya están listas? —dijo Mary mientras entraba al patio.

La puerta de la casa siempre estaba abierta; incluso algunas veces la señora Rosaura les comentaba en el desayuno que había olvidado cerrar con llave la noche anterior. Esos comentarios las preocuparon al principio, pero después entendieron que en aquel lugar la delincuencia común no era algo de lo que preocuparse en exceso. Les habían explicado que al que descubrían robando por primera vez, era "citado" para advertirle que esa conducta no era tolerada, se le daba otra oportunidad y, si lo hacía de nuevo, desaparecía misteriosamente.

—Sí, Mary, entra. Enseguida salimos.

La señora Rosaura aprovechó para darles una pequeña lista de algunas cosas que no se conseguían en Arauca; eran más bien golosinas o, como dicen allí, "galguerías".

—Bueno, listo —dijo Lianeth, lista en mano—. Nos vamos.

Tomaron una buseta y en diez minutos llegaron a la orilla el río Arauca. Durante el trayecto, algunas personas que se montaban en el transporte saludaban cariñosamente a las médicas, que ya eran bastante conocidas debido al volumen de pacientes que manejaban, un promedio de veinticinco personas diarias por cabeza. Algunas, incluso, aprovechaban la oportunidad para consultar rápidamente sobre el hermano, el tío o la abuela, sobre cualquier cosa con tal de recibir un consejo gratis. Ya estaban acostumbradas y se divertían con la situación.

Al llegar al lugar, quedaron fascinadas. Lianeth tomaba fotografías de todas partes. Había árboles gigantescos que daban una sombra reconfortante para la temperatura de ese momento; el río, cuyas aguas marrones llevaban una que otra rama con gran rapidez, dejaba en claro que no necesitaba las olas del mar para gobernar a cualquiera que osara jugar con él. Una sensación de respeto y miedo invadió a las médicas, quienes por un instante se imaginaron en una canoa gritando en la mitad del río, perdidas y abandonadas en la brigada de salud que tenían la semana próxima.

—Bueno, ¿y qué les pasa? ¿Se embobaron o qué? Dicen que quien toma agua del río Arauca, siempre vuelve.

—Yo no quiero tomar agua del río —se apresuró a decir Ada, con tal rapidez que Mary enarcó las cejas, sorprendida—. Mary, no me mires así. No es que no me guste Arauca, pero la verdad es que mi vida la imagino muy lejos de aquí.

—El agua del acueducto la sacan del río —le dijo Lianeth al tiempo que le colocaba la mano sobre el hombro—. Así que todas las sopas que te has tomado las han cocinado con agua del río Arauca.

—¡No! No puede ser, estamos condenadas —respondió Ada mientras se llevaba las manos a la cabeza y la volteaba de un lado a otro con un gesto de exagerada preocupación.

Lianeth soltó la risa seguida por Mary; ya estaban acostumbradas a que Ada todo lo volviera un chiste. La primera en tomar una actitud nuevamente seria fue María Alejandra.

—Bueno, vamos a coger los puestos porque en cuanto se llena, sale, y nos toca esperar a que regrese del otro lado para pasar el río.

El improvisado puerto constaba de unas escaleras de cemento muy anchas con más o menos quince peldaños, que podían convertirse hasta en veinte cuando el nivel del río bajaba drásticamente en épocas de sequía. Al fondo, esperaba una embarcación de madera de dos metros de ancho por veinte de largo y un improvisado techo fabricado con tela de fique, en la que cabían unas quince personas sentadas en dos filas enfrentadas. Se impulsaba con un motor que parecía acarrear las secuelas de una tuberculosis mal tratada, pero con la suficiente potencia como para llevar y traer cansadamente durante todo el día a su dueño y al pequeño de nueve años que se encargaba de cobrar el pasaje a todo aquel que optara por ese medio de transporte.

La primera en abordar fue María Alejandra quien, de un solo brinco, pasó del último peldaño de la escalera del puerto a la canoa. Ada y Lianeth se tomaron más tiempo para pensar cuál pie debían meter primero en la embarcación. La primera en decidirse fue Ada: colocó el pie en el borde de la nave, lo cual provocó que esta se inclinara peligrosamente hacia ella. Un grito de miedo acompañado de una mentada de madre hizo que el piloto, que ya observaba divertido la situación, caminara desde el extremo contrario de la canoa hasta donde Ada trataba infructuosamente de embarcarse. Al avanzar, la embarcación se balanceara de un lado a otro sin lograr en lo más mínimo que aquel hombre de sesenta años, extremadamente delgado y con arrugas que atestiguaban el exceso de sol al que se había sometido durante décadas, perdiera el equilibrio.

—A ver, guata, deme la mano —dijo, al tiempo que extendía la suya hacia Ada.

Esta se aferró a aquella mano que se brindaba generosamente a ayudarla, y pudo sentir la piel encallecida por toda una vida de trabajo. Lianeth repitió el procedimiento, con la ventaja que obtiene el que observa primero. Ya ubicadas, se dedicaron a mirar al resto de los que casualmente serían sus compañeros en aquella corta travesía. Casi todos ellos eran gente humilde: algunos galleros con sus gallos de pelea (costumbre muy popular en la región), que pasaban al otro lado a jugar sus resignados animales ese fin de semana, o mujeres con sus hijos que iban en busca de mejores precios para el mercado en el país vecino. Todos abordaban con la agilidad que se adquiere únicamente con la repetición constante.

La pequeña embarcación ya estaba al completo, y el niño de nueve años fue parando de uno en uno frente a los ocupantes recitando mecánicamente:

—Un bolívar o trescientos pesos —decía extendiendo la mano para recibir la totalidad del pasaje—. Hoy no fío y mañana tampoco.

El recorrido se había iniciado. María Alejandra insistió en pagar los pasajes, mientras Lianeth y Ada observaban extasiadas el paisaje. Lianeth sacó la mano por fuera de la embarcación y la sumergió en la corriente del río.

—¡Está helada! —exclamó.

—Sí, mamita, pero ni se le ocurra hacer eso por allá a donde van, ¿oye?, porque hay unos pececitos que tienen dientes de perro y le arrancan hasta lo que ya sabemos, si llegan a caerse de la voladora.

—O sea, pirañas, socia —exclamó Ada con cara de angustia.

—No puede ser —dijo Lianeth, incrédula—. Yo creía que eso era por allá en el Amazonas.

—Pues vaya sabiendo que por aquí también hay, claro que nosotros las llamamos caribes, pero es lo mismo… Aunque están en aguas poco profundas cuando el río se está secando en el verano; ahí sí que se pescan. Muerden hasta fuera del agua y donde se agarran no se desprenden.

Ada y Lianeth se miraron resignadamente.

El viaje duraba aproximadamente tres minutos. La canoa tenía que ir casi de lado para llegar hasta Venezuela debido a la fuerte corriente. Del otro lado, se repetía la misma rutina: esperaban a que todos desembarcaran (lo cual ya les resultó más fácil), y cuando se llenaba, emprendía nuevamente el regreso hacia la orilla colombiana.

—Miren, médicas —les decía Mary señalando con el dedo la orilla que acababan de dejar—. Allá está Colombia.

—¡Qué extraño! Parece increíble que estemos mirando a nuestro país desde aquí —dijo Lianeth sin salir del asombro.

—Bienvenidas a El Amparo, estado de Apure, territorio venezolano —dijo Mary en tono solemne.

—Me doy por bienvenida —dijo Ada—. Pero busquemos donde tomar algo frío, porque se me está derritiendo hasta el pensamiento.

El resto de la mañana lo dedicaron a caminar por el lugar y visitar el único supermercado: «La Navidad», decía el letrero en toda la puerta. Allí, María Alejandra compró lo que necesitaba, mientras que Lianeth y Ada se dedicaron a la pequeña lista de la señora Rosaura y a elegir algunos comestibles para ellas.

Una rápida caminata por el lugar les permitió constatar que estaba en igual estado de pobreza que Colombia. Había almacenes cerrados, y algunas casas mostraban signos de abandono. Las calles estaban más bien vacías, y en los pocos restaurantes que encontraban se veían algunos hombres dedicados a la cerveza. María Alejandra les explicó que ese lugar anteriormente era una zona comercial muy transitada pero, debido a la inseguridad y a la caída del peso frente al bolívar, El Amparo se había convertido en un pueblo casi fantasma. Sin embargo, seguían teniendo cosas que solo se conseguían allí. Extrañamente, no habían visto un solo policía en todo el lugar.

—Bueno, mujeres —dijo Mary—, ya es hora de regresar. Si quieren nos devolvemos en taxi para que conozcan la carretera.

—Listo —respondió Ada.

—Espera, yo termino de tomar algunas fotos por aquí —dijo Lianeth, al tiempo que escogía un lugar aquí y otro allá.

Mientras tanto, María Alejandra negociaba con el taxista. Había como diez carros todos colombianos de color amarillo, como exige el reglamento para vehículos de transporte público. De repente, uno de los choferes gritó:

—¡Comadre, estaba perdida! —dijo dirigiéndose a María Alejandra.

—Don Leónides, ¿cómo está? Mis tiempos sin verlo, ¿qué se había hecho?

—Es que, comadre, el trago me estaba llevando y la mujer mía me mandó para Cúcuta, y allí encontré la sanación en un grupo muy bueno al que sigo asistiendo. Ahora cambié de vida y Dios es el que guía mis pasos.

—Pues lo felicito. Mire, aquí le presento unas amigas que están pasando un tiempo por acá. ¿Será que nos lleva hasta Arauca?

—Ni más faltaba —contestó alegremente, mientras se acomodaba una pequeña gorra a modo de saludo—. Suban a ver, que en mi carrito llegamos.

Don Leónides tenía alrededor de sesenta años, pero se veía bien conservado. Tenía una barriga tan enorme, que debía de haberle costado una fortuna lo que invirtió en comida y cerveza para alcanzar semejante volumen. Trabajosamente se subió a su vehículo, y aunque el asiento estaba corrido totalmente hacia atrás, el volante aún se le hundía levemente en el abdomen. Ya sentado, los botones de la camisa quedaron en el grado máximo de tensión, como si en cualquier movimiento fueran a salir disparados hacia el parabrisas. Sacó un pañuelo para secarse el sudor que le corría por toda la cara y comenzó el recorrido hacia Colombia. Don Leónides no dejaba de hablar ni un minuto, y Ada y Lianeth se divertían al ver la cara de resignación de María Alejandra mientras su compadre trataba a toda costa de evangelizarla. De repente, un eructo, seguido de un pedo silencioso y pestilente proveniente de lo más profundo de los intestinos de don Leónides, puso fin a los infructuosos intentos de convertir a María Alejandra en "la hermana Mary". Ada, que hasta entonces se había comportado muy correctamente, fue la primera en protestar.

—Don Leónides, perdóneme, pero usted está podrido.

—Disculpe, guata —dijo sin el más mínimo asomo de vergüenza—. Es que como que el cachicamo[9] que me comí ahorita me cayó pesado. Baje la ventana para que le entre más la brisa —y diciendo esas palabras, balanceó su cuerpo afanosamente hacia un lado para facilitar la salida de un nuevo y estruendoso aire intestinal—. Este no hiede porque cuando suenan así no traen olor, no se preocupen —decía al tiempo que dejaba caer nuevamente su pesada humanidad en el asiento.

María Alejandra estaba roja de la vergüenza; ningún grado de amistad da para tanto. Por su parte, Ada se sentía ofendida ante la desfachatez de aquel desconocido, y Lianeth la observaba, preocupada de la reacción de su joven amiga. Ada estaba a punto de proferirle una cátedra de decencia a su pedorro chofer cuando un retén de la policía venezolana les dio el alto. Tenían uniformes de camuflado en muy buenas condiciones, con botas tan lustradas que parecía que nunca hubieran estado en contacto con el barro; además, lucían un quepis rojo de medio lado y exhibían una actitud de infinita superioridad. Eran tan solo cinco uniformados, que rodearon el carro y le pidieron con exagerada cortesía los documentos de identidad a don Leónides, al tiempo que observaban casi sin interés a las tres pasajeras. Lianeth no perdía de vista el comportamiento de aquellos cinco individuos: todos parecían la imitación en persona de su presidente Hugo Chávez, se trataban entre ellos con un gran respeto militar y exhibían un aire de arrogante patriotismo. Se llevaron los documentos para revisarlos, lo cual hicieron formando un círculo algo apartados del vehículo; de vez en cuando alguno lanzaba una mirada sobre el hombro, como queriendo dar a entender que estaban controlando la situación.

—Dígame, comadre —dijo don Leónides dirigiéndose a María Alejandra—. ¿Para qué harán eso, si todos los días me ven pasar como cuatro veces por aquí? Eso es por chicanearle aquí a las guatas, ¿cierto?

---

[9]   Armadillo.

—Pues me imagino que sí. Espero que ahora no nos vayan a salir con algún invento —dijo María Alejandra, fastidiada por el calor.

Después de unos cuantos minutos de deliberación, le devolvieron los documentos a don Leónides.

—Todo en orden, ciudadano —dijo uno de los uniformados con un inconfundible tono militar—. Pueden seguir —finalizó, llevándose su mano derecha a la frente haciendo el típico saludo militar.

—Será pendejo... —murmuró Ada.

—¡Oye! —dijo Lianeth, dándole una palmada en la pierna—. Mira que si te escuchan, nos dejan por aquí y yo ni la cédula traigo.

—Socia, es que no entiendo por qué me siento tan ofendida, si nos han tratado con tanta educación.

—Precisamente eso era lo que estaba observando: ellos ni siquiera nos han tratado, solamente han hecho gala de unos modales que creen que nosotras, por ser colombianas, no tenemos. Entonces hacen un despliegue de buen trato entre ellos, como brindándonos un espectáculo para que nos demos cuenta de nuestro subdesarrollo intelectual, pero el mensaje subliminal es otro, como tú lo has podido captar. Esa es la razón de que te sientas maltratada, igual que yo.

—¿Te das cuenta? —contestó Ada—. Por eso yo no puedo entender cómo es que te gusta escuchar al presidente ese.

—Ay, pero eso es distinto. Yo no pierdo la perspectiva, pero sí tengo que reconocer que me fascina escuchar sus discursos... bueno, no todos, porque él se extiende tanto que aburre, pero sí es un buen orador. Claro que de ahí a dar una opinión política, ya es diferente. Yo solo pienso que el hombre disfruta plenamente lo que hace; hasta creo que le fascinaría tener el problema de la guerrilla en sus manos, para resolverlo él mismo. ¿No ves cómo es de entrometido con las cosas de Colombia? Ahora, que si gobierna bien o mal, ya eso lo sabrán los venezolanos.

—No, si a mí no me tienes que aclarar eso; yo solo te veo la cara de boba que pones nada más aparece el maluco ese. Francamente, eso sí no te lo entiendo.

Don Leónides ya había reiniciado la marcha. La carretera estaba muy bien pavimentada y había enormes árboles a ambos lados. La abundancia de agua hacía que el pasto compitiera por crecer y cayera hacia la carretera, adornando aún más el ya espectacular paisaje. El cielo ofrecía la intensidad del azul, coronado por blancas nubes que permanecían estáticas por falta de una anhelada brizna de aire que mejorara la alarmante temperatura. De vez en cuando, alguna iguana se atravesaba abruptamente y don Leónides reaccionaba frenando en seco, lo que hacía que sus tres pasajeras quedaran pegadas a los asientos delanteros. Esto se repitió en dos ocasiones más, hasta que María Alejandra le propuso que mejor bajara la velocidad, para que sus invitadas pudieran disfrutar mejor del paisaje.

A los cinco minutos llegaron a la frontera oficial o alcabala, como le llaman en Venezuela. Esta vez, saludaron a don Leónides como si lo conocieran de toda la vida, y este les contestó amablemente:

—¿Se dan cuenta de que sí lo conocen a uno? —dijo a sus pasajeras con tono de indignación.

—Sí, no se preocupe, don Leónides —le contestó María Alejandra en tono solidario—. Eso pasa algunas veces. Dígame a mí, que vengo casi todas las semanas y escucho lo que le pasa a otros; ese es el precio de ser colombiano. Por desgracia, todo el mundo cree que esto es pura guerrilla y narcotráfico… hasta razón tendrán en vernos como plaga. Toda la vida han pagado justos por pecadores.

Mientras conversaban sobre esa triste realidad, aparecía el puente Internacional, que comunica Colombia con Venezuela. Nuevamente el río Arauca era protagonista del paisaje, exhibiendo toda la fuerza de la que era capaz. Lianeth le pidió a don Leónides que se detuviera para tomar unas fotos, mientras María Alejandra les contaba acerca de la construcción del puente.

—No, si esto no es tan viejo —decía—. Yo me acuerdo que, chiquitina, cruzaba con mi papá en un planchón con carro y todo. Vean, allí está la placa de cuando fue construido.

Todos, incluyendo don Leónides, que se había bajado dificultosamente de su carro, se acercaron a una pequeña placa de metal que decía: «Puente Internacional. Construido bajo el gobierno de Carlos Lleras Restrepo en el año de 1967».

—¿Ven? —dijo María Alejandra—. Si fue ahorita cuando aquí a Arauca llegó la civilización.

Afortunadamente, el resto del viaje fue tranquilo. Don Leónides había digerido el resto del cachicamo, por lo que no hubo más momentos desagradables. Al llegar a El Encuentro, decidieron quedarse para ayudar a su amiga a organizar un poco el lugar. Luego se despidieron, ya entrada la tarde, y caminaron rumbo al que era su hogar.

Cuando se iban acercando a la puerta de su casa, Lianeth y Ada quedaron de piedra: había seis o siete hombres armados rodeando la entrada. Ambas se miraron preocupadas.

—¿Le habrá pasado algo a la señora Rosaura? —preguntó Lianeth.

—¿O será que nos vino a buscar la guerrilla? —susurraba Ada, a la vez que hacía un gesto de burla.

—¿Cómo se te ocurre que nos van a venir a buscar? Además, ¿por qué a nosotras? Entremos a ver qué pasa.

Al llegar a la puerta, los hombres armados les preguntaron qué querían.

—Vivimos aquí —contestó Ada enérgicamente.

La señora Rosaura estaba en el quiosco y, a una señal de ella, las dejaron entrar.

—Vengan. Les presento al futuro alcalde de Arauca.

En el patio había otro par de guardaespaldas y como diez personas más, todas caminando como si siempre hubieran estado allí.

—Mucho gusto. Efraín Bustamante, para servirles.

Era un hombre que rondaba los cuarenta años, de mediana estatura, delgado, moreno y con una energía inagotable. Lianeth y Ada lo identificaron de inmediato: ese era el candidato cristiano que ya llevaba dos atentados en su contra, el mismo del que se rumoreaba que la guerrilla le había prohibido lanzarse en esas elecciones porque ellos apoyaban a otro. Ninguna de las dos entendía por qué Rosaura Cisneros se involucraba en tremendo lío, pero ya sabían que cuando esa señora tomaba una decisión, no había nada que hacer al respecto.

Después del saludo y las presentaciones de rigor, Rosaura las llamó aparte y les explicó que Efraín le había propuesto que fuera algo así como jefe de campaña, lo cual ella había rechazado. Prefería apoyarlo sin ningún cargo oficial, pero estaba pensando seriamente poner su casa a su disposición, como sede de la campaña de Efraín. Las dos amigas cruzaron una mirada de incredulidad; no entendían la decisión de Rosaura, pero al fin y al cabo esa era su casa y no había nada que decir. Decidieron irse a descansar un poco y cambiarse de ropa y resignadamente entraron cada una a su cuarto, desde donde podían escuchar cómo planeaban la campaña. Serían alrededor de las cuatro de la tarde cuando llegaron diez personas más, la mayoría líderes comunitarios, casi todas mujeres. Después de las presentaciones, cada una fue exponiendo la estrategia que había pensado para conseguir votos y decía cuántas personas estaban más o menos seguras de querer participar en la campaña. A continuación, todos hicieron un círculo tomados de las manos y rezaron un padrenuestro para poner la campaña en manos de Dios, y se citaron para el otro día a la misma hora.

Efraín se quedó un rato más hablando con la señora Rosaura en un tono que no se escuchaba; después, le dio la orden a uno de sus guardaespaldas de que se retirara y dejara solamente a dos personas para trasladarlo a su casa.

—Prepararemos las cosas, que mañana nos venimos para acá —dijo en tono autoritario.

Cuando todos se fueron, las dos inquilinas salieron de sus cuartos de manera cronometrada en busca de su casera.

—Señora Rosaura, explíquenos, ¿qué está pasando? —preguntó Lianeth.

—Bueno —contestó ella algo incómoda—, es que pensamos que como esta casa está tan bien ubicada, puede servir para la sede de la campaña, y Efraín me propuso arrendármela mientras duren las elecciones. Pero tranquilas, que ya tengo una casita aquí a la vuelta donde cabemos así como estamos aquí, cada una en su cuarto, y que queda en la esquina de El Encuentro, así que por eso no se preocupen. Como ustedes no salen de allá… —terminó diciendo en tono de risa.

—¿Y para cuándo sería la mudanza? —preguntó Ada algo molesta.

—Yo creo que dentro de una semana.

—Bueno —intervino Lianeth casi resignada—, esperemos a ver cómo nos va. Ah, por cierto. Aquí están los encargos que nos pidió; creo que le conseguimos todo. Pero El Amparo parece un pueblo fantasma, yo creía que era más bonito.

La señora Rosaura les explicó históricamente por qué ya El Amparo no era como antes. La razón principal era la recesión económica, que se extendía por todos los países como una de las plagas de Egipto; eso, sumado a la violencia de la zona, había espantado a muchos comerciantes, quienes consideraron que el riesgo que tomaban no era compensado con las cada vez menores ganancias que producía la golpeada economía de la zona.

Estaban absortas oyendo atentamente las siempre interesantes historias de su casera, cuando la puerta se abrió de repente y un "buenas tardes" de una voz bastante educada y masculina atravesó la estancia.

—¿Están las médicas?

—Don Germán, ¿cómo está? —saludó cordialmente la anfitriona—. Siga, ¿qué lo trae por aquí? Tenía mis tiempos que no lo veía.

—Bien, señora, ¿cómo está usted? —contestó mientras avanzaba con paso seguro y desenvuelto para saludar con un apretón de manos a Rosaura y sus inquilinas.

Su jovialidad era tan inusual como su vestimenta. El doctor Germán se caracterizaba por su sobriedad, tanto en el trato como en el vestir, pero en esa ocasión llevaba puesto un sombrero, pantalones de mezclilla y botas. Las tres mujeres estaban igualmente sorprendidas. Desde el día que él mismo las llevó hasta la casa de la señora Rosaura no habían tenido una conversación que no fuera estrictamente laboral, y las pocas veces que lo veían en la calle (él desde su carro y las médicas a pie), saludaba desde lejos con la mano. Estos habían sido los únicos contactos con aquel caballero, por lo que Ada tomó inmediatamente una actitud de desconfianza, mientras que Lianeth se encontraba intrigada por tan inesperada visita.

—Lo que pasa es que hoy hay coleo[10] en Arauca y venía para invitarlas a que conocieran el deporte típico de por aquí —les explicó sonriente.

Lianeth, mucho más interesada que Ada por conocer las costumbres de aquel lugar, mostró gran entusiasmo. Eso, sumado a la casi orden de la señora Rosaura de que salieran y conocieran gente, hizo que Ada también acabara

---

[10] Fiesta típica de la región.

por aceptar la invitación. Además, no dejaría sola a su amiga, y menos con ese hombre que estaba más rojo que nunca porque, según ella, le circulaba algo de alcohol en la sangre.

Se subieron al automóvil del doctor Germán. Lianeth ocupó resignadamente el lugar al lado del conductor: Ada, más hábil, se había colocado en el asiento trasero, y lucía sonriente por la pequeña victoria.

Mientras se dirigían hacia la manga de coleo, el doctor Germán les explicaba con saber histórico cada uno de los lugares que iban encontrando en el recorrido. Extrañamente, Arauca no estaba dividida por estratos[11] como el resto de las ciudades que ellas conocían. En un barrio podía haber una casa de estrato cinco y al lado una de estrato dos, debido a la poca planeación con que se había desarrollado la ciudad ya que, cuando empezó la bonanza petrolera, gente de todas partes del país llegó en busca de fortuna. Esa era la razón también de que su arquitectura no estuviera definida con ningún estilo propio. Las casas estaban construidas de manera muy sencilla. Daban la impresión de haber sido hechas más para pasar una temporada que para quedarse por el resto de la vida, por lo que ambas dedujeron que era el resultado de tanta población flotante que una vez hubo en Arauca, gente que llegaba de cualquier parte del país y conseguía fácilmente trabajo en alguna empresa petrolera con muy buen salario. De esta manera hacían unos pesos y regresaban a su lugar de origen, así que vivían como gente de paso, sin tener ningún sentido de pertenencia por la ciudad. Incluso los mismos araucanos abandonaron equivocadamente el campo para cambiar el trabajo del que habían vivido durante décadas por el brillo fugaz del dinero aparentemente fácil. Esto, sumado a la presencia de la guerrilla, dejó a muchos atrapados en un nuevo estatus, "el desempleado", pues ya eran o muy viejos para regresar al campo, o muy jóvenes para estar dispuestos a enfrentar jornadas de sol a sol que jamás serían como las de las historias de los viejos del parque, que a punta de sol, azadón y caballo, habían sacado adelante generaciones enteras. Sus hijos, hijas, nietos, nietas y hasta bisnietos y bisnietas, hoy veían aquel trabajo que tanto enorgullecía a sus ancestros como oficio de ignorantes; sin embargo, disfrutaban de alguna esquirla de abundancia que se negaban

---

[11]   Clases sociales.

a dejar, como la finca del abuelo o la casona de campo de la tía, a donde iba la juventud los fines de semana para pasar el guayabo de la rumba en La Campechana o algún otro lugar nocturno.

En menos de diez minutos (como casi siempre ocurría en esa ciudad) llegaron al lugar de destino: la manga de coleo. Se trataba de algo parecido a un hipódromo. La pista, de unos doscientos metros de largo, estaba flanqueada a ambos lados por tubos de hierro que servían para protección del público y para que los más valientes se sentaran a ver el espectáculo. También había una tarima donde se colocaba el jurado y las personalidades, y en un extremo de la pista podía verse una especie de corral en donde esperaba el asustado toro, sin saber qué estaba haciendo allí.

Todos los espectadores estaban vestidos de fiesta: sombrero, botas y un vaso de aguardiente. Solo algunas mujeres llevaban sombrero; Germán les explicó que el sombrero lo usan solo los hombres porque a la mujer le quita la gracia y no era bien visto. Ellas no entendieron la machista explicación, pero en fin, se trataba de conocer las costumbres. Germán era reconocido por todos los del lugar, incluso el jurado le ofreció un saludo especial a través del micrófono, anunciando la presencia de tan prestante araucano, a lo que él respondió elevando su sombrero con la mano derecha y volviéndolo a colocar en su lugar.

El coleo es el deporte llanero por excelencia, y ser un buen coleador (así llaman a quien lo practica) es motivo de orgullo. Por lo que podían observar, se trataba de soltar a un toro de unos trescientos kilos de peso y darle algo de "ventaja". Entonces el coleador, que es un jinete montado en un caballo especialmente entrenado, debe aproximarse al toro a todo galope, sostenerlo de la cola y desde allí hacer un movimiento firme y exacto para que el animal ruede por el suelo. Si logra tumbarlo ya es un triunfo, pero si el animal rueda y además da una vuelta de campana, la ovación es mayor; si es vuelta y media se considera una hazaña, y así sucesivamente. Pero si no lo tira en el primer intento, ya no puede volver a intentarlo y pierde puntos. El toro puede ser coleado una sola vez en su vida, ya que ellos aprenden rápidamente de qué se trata y entonces sería imposible derribarlos. Todo ocurre en menos de quince segundos: el toro corre, el jinete lo persigue, le agarra la cola y lo jala hacia un lado para derribarlo. El toro, que no sabe por qué se meten con él, trata de levantarse lo más pronto posible para salir de allí y el jinete alza su sombrero con orgullo en señal de triunfo para celebrar con el público la victoria sobre el embarrado animal.

Germán les explica con detalle las reglas, mientras Lianeth trata de sacar algunas fotografías. Ahora están anunciando al coleador invitado de la noche, un tal Carlos Elorza, que viene del municipio de Tame. Dan la orden de salida. El toro corre apuradamente sin saber por qué, quizás por instinto de presentir que aquel no es su lugar y que esa gente trama algo en su contra. A los dos segundos, jinete y caballo salen a hacer lo suyo; el coleador logra sostener la cola del animal y jala certeramente. El toro cae al suelo y una ovación general se escucha mientras el ganador alza su sombrero en el ritual ya conocido… Pero esta vez el toro no se levanta, se queda en la mitad del ruedo y ni siquiera intenta ponerse de pie. Un "lo quebró" se escucha repetidamente entre los espectadores.

—¿Qué significa "lo quebró"? —preguntó Lianeth al doctor Germán.

—Bueno, es que a veces en la caída al animal se le parte una pata o la columna y ya no puede levantarse.

Ada, que hasta entonces no había articulado palabra, desparramó sin reparo alguno toda una serie de insultos en contra de tan salvaje deporte, mientras que Lianeth quería ir a prestarle los primeros auxilios al pobre animal.

Mientras mostraban su indignación sin entender por qué la especie humana puede divertirse a expensas del sufrimiento de otro ser vivo, Germán trataba de explicarles que eso ocurría ocasionalmente y que no sufrieran por eso, que el toro sería sacrificado inmediatamente y estaría en algún restaurante al día siguiente. Finalizada la explicación, ambas habían tomado la decisión irrevocable de irse de aquel lugar, con Germán o sin él. Este, muy caballerosamente, les dijo que al lado había un parrando[12] llanero y que un primo de él debutaba interpretando el arpa. Ada, que sentía una extraña atracción por aquel instrumento sin saber por qué, fue la primera en aceptar la invitación. Echaron una última mirada al pobre animal y pensaron que aquella semana no comerían carne.

---

[12]   Fiesta.

En ese momento, dos hombres extrañamente bien parecidos se acercaron y saludaron muy efusivamente a Germán mientras, entre frase y frase, escupían al piso algo de color marrón. Lianeth, que instintivamente siguió la trayectoria de uno de los escupitajos, vio con sorpresa que ninguno de los dos llevaba zapatos, a pesar de vestir una camisa fina con correa y pantalones volteados metódicamente hasta más arriba del tobillo. Una mirada más detallada las hizo deducir que aquellos pies, muy bien formados, no estaban acostumbrados al uso de calzado. Las callosidades y el caminar sin precaución daban a entender que estaban en su elemento. A pesar de aquella vestimenta tan extraña, esos hombres trasmitían una seguridad y un dominio que impresionó a las dos espectadoras. Germán hizo las presentaciones de rigor, señalando a ambos como parientes y a sus invitadas como las médicas rurales de turno. El lugar estaba atestado de gente, por lo que la salida se dificultó. Los hombres tomaron la delantera mientras Lianeth y Ada les seguían en fila india, una agarrada de la otra para no separarse ni perderse en medio del gentío.

Al poco tiempo de tan difícil travesía, encontraron un lugar con menos gente. Desde allí se observaba el lugar donde se llevaría a cabo el parrando llanero. Viendo que era algo más organizado, ambas se entusiasmaron. Caminaron hacia una mesa donde un improvisado mesero espantó quinientas moscas para que sus clientes se sentaran. Una vez ubicados, las moscas volvieron a ocupar su lugar sin ningún reparo. A nadie parecía molestarle la presencia de aquellas invitadas, que se encargaban una y otra vez de asegurarse su lugar en medio de la gente.

Lianeth se preparaba para tomar algunas fotos, pues ya había comenzado el baile y estaba tocando un grupo bastante conocido. El arpa, el cuatro, los capachos y la tambora sonaban alegremente, mientras las parejas iniciaban el ritual del baile del joropo. De repente, un desconocido se paró enfrente de Lianeth y le quitó la cámara decididamente.

—Aquí no se toman fotos, guata —le dijo mirándola a los ojos.

Ada, que estaba pendiente de su compañera, se levantó de la silla dispuesta a recitarle en orden alfabético todas las palabrotas de su repertorio a aquel aparecido, pero Germán la detuvo.

—Yo me encargo, doctora.

Muy serio, se acercó al disgustado llanero y un fuerte apretón de manos seguido de un medio abrazo hizo que una sonrisa apareciera en la cara del intempestivo hombre.

—Doctor Germán, ya lo había visto allá en el coleo, pero no me pude acercar a saludarlo.

—No se preocupe, Eliécer. Mire, ellas son las médicas contratadas por la alcaldía.

Lianeth y Ada observaron atentamente el desenvolvimiento de Germán frente a cualquier clase de gente; lo hacía magníficamente.

Eliécer, sin disculparse ni dar una explicación por su comportamiento, tocó la punta de su sombrero con la mano derecha y se retiró, no sin antes echar una nueva mirada de disgusto a la cámara que aún sostenía Lianeth en sus manos. Mientras se alejaba, las médicas miraron a Germán pidiéndole una explicación de lo que había sucedido. Para esa hora, ya unas cervezas de más hacían mella en el comportamiento del refinado doctor así que, sintiéndose dueño y protagonista del lugar, las condujo por la cintura lejos de la música para tomar la palabra.

—Vean, aquí no se toman fotos porque todas estas personas vienen para divertirse un poco, pero no viven aquí en Arauca, sino allá lejos, en el monte —mientras hablaba, señalaba con el mentón un lugar indeterminado en el horizonte—, y no les gusta que les tomen fotos porque son personas anónimas.

Ada, que ya intuía de qué se trataba, aprovechó el momento de efervescencia de Germán debido al trago y lo interrogó abiertamente.

—O sea, que son guerrilleros.

—Compañeros —corrigió Germán.

—Y si este es un sitio tan público, ¿cómo se atreven a venir así, sin pensar que los van a coger?

—Vean, eso se llama tolerancia. Uno aprende a convivir con ellos y ellos con uno. La primera vez que me llamaron a hablar allá en el monte iba todo asustado, porque no sabía por qué lo hacían, pero ya ahora voy tranquilo y hasta opino y todo.

—¿Y para qué lo mandaron a llamar? —preguntó Lianeth sin entender muy bien.

—Ellos llaman a todos los que trabajamos con el Gobierno para sugerirnos algunas obras o para que sepamos lo que ellos necesitan, y entonces vemos cómo les podemos colaborar.

—¿O sea, que las brigadas de salud que organiza la alcaldía son para la guerrilla? —preguntó Lianeth sin disimular su asombro.

—No, claro que no; pero hay que avisarles que uno va a mandar un grupo de gente para esa zona, para que no haya ningún problema. Así que no se preocupen, que ustedes ni los van a ver, pero ellos sí saben que ustedes van para allá. Vean, las cosas no son como uno cree. Ellos son gente igual que nosotros y no todos están armados ni matando gente.

Al oír esto, Ada y Lianeth lanzaron una mirada al público que se encontraba divirtiéndose al son del joropo. La verdad es que parecían personas comunes y corrientes, lejos del estereotipo que tenían de lo que era un guerrillero. Lianeth se lamentó de no poder tomar una foto de tan típica escena, pero Germán le aseguró que ya tendría ocasión en las fiestas patrias. Mientras lo escuchaba, guardaba resignadamente su cámara. Germán les pidió que bailaran con él, pero ambas se negaron rotundamente. Sin sentirse despreciado, les dijo que miraran atentamente cómo se bailaba el joropo, porque la próxima vez no aceptaría una negativa. Entonces, encontró con la mirada a una llanera con la que estaba seguro de que se podía lucir para las médicas. Se acercó al compañero para preguntarle si podía bailar con ella, a lo que este le contestó:

—Claro que sí, doctor… Mija, vaya, baile con el doctor —le dijo en tono autoritario.

La mujer se levantó halagada por haber sido elegida por tan respetable ciudadano, sin importarle que la decisión de bailar no la hubiera tomado ella. Mientras tanto, su marido observaba orgulloso cómo el doctor Germán, muy respetuoso, daba muestras de un gran conocimiento del baile. La mujer que había escogido era sencilla y de aspecto humilde pero, increíblemente, mientras bailaba aquella hermosa música, su cara se transformaba para convertirse en toda una señora que era galanteada por su pareja de baile y a quien ella coquetamente aceptaba. Más o menos de eso se trata el joropo.

Ada y Lianeth aprovecharon el entusiasmo general para irse de aquel sitio. Desde lejos, levantaron la mano para despedirse de Germán (quien como se encontraba en medio de la demostración, no pudo detenerlas) y rápidamente tomaron un taxi para ir a su casa.

Nada más llegar, doña Rosaura salió a su encuentro.

—Les tengo noticias —les dijo sin saludarlas—. Las llamó Nora. Salen el lunes para la brigada. Tienen que estar a las seis de la mañana en el Miramar.

7

Lunes, 11 de agosto de 2008

Eran las seis en punto de la mañana cuando Lianeth y Ada llegaron a la puerta del centro de salud Miramar. El día estaba bastante nublado y una brisa agradable refrescaba todo el lugar. Nora ya se encontraba arreglando el equipo portátil de odontología. Parecía que hubiera llegado horas atrás: ya tenía la mayoría de las cosas preparadas, incluyendo los medicamentos y varias cajas que nadie se atrevía a preguntar qué contenían.

Miriam Yaneth, la vacunadora que llevarían ese día, también había llegado temprano y se encontraba asegurando el biológico (las vacunas) en pequeños termos bien refrigerados. Miriam trabajaba en el Miramar desde hacía tan solo quince días y se encargaba de llevar a cabo el programa de vacunación en colegios y barrios aledaños, por lo que no habían tenido mucho tiempo para conocerse, pero parecía ser una persona amable y risueña. Era araucana pura; había nacido en la mitad del monte, como ella misma decía, y después de soportar las golpizas de su primer marido por varios años, decidió aventurarse en Arauca con sus dos hijos de ocho y doce años. Había realizado cursos de auxiliar de enfermería y era parte de la población flotante de la alcaldía. Conseguía contratos para vacunar por tres meses y de esa forma sorteaba la vida. Hacía poco, había conocido a su actual compañero, Fredy, un moreno de tan solo veinte años que trabajaba en una panadería y ayudaba a Miriam con los gastos de la casa.

Vieron a Antonio; trabajaba en el centro de salud Unión, y ambas se imaginaron que lo habían incluido en el equipo para que no fueran solo mujeres.

—Después de todo, si nos toca caminar y cargar todo ese equipo, nos va a hacer falta la fuerza bruta —dijo Ada sonriendo.

—Bueno, ya estamos listos —exclamó Nora, mientras terminaba de cerrar la última caja—. Suban esto al carro y esperemos a que la odontóloga llegue.

Todos se dedicaron a subir el equipo al pequeño transporte. Ya estaban a punto de terminar cuando, de un taxi, se bajó una mujer blanca que, de lejos, parecía encontrarse en la primera fase de la varicela, porque tenía el rostro y las piernas llenos de puntos rojos. Hablaba, caminaba y se veía como la típica bogotana. Era Corina Tovar, la nueva odontóloga, una joven egresada de la Universidad del Bosque que se apresuraba para iniciar el primer día de trabajo de su servicio social obligatorio.

—Buenos días. Disculpen la demora. Nora, ¿cómo está?

—Casi no llega, señorita —le contestó Nora casi indiferente—. Venga, le presento a sus compañeros de trabajo.

Se hicieron las presentaciones mientras Corina le entregaba su equipaje a uno de los celadores para que lo acomodara en el transporte.

—Súbanse de una vez, que ya estamos atrasados —ordenó Nora.

Eran las seis y media cuando todos, apiñadamente acomodados, salieron del centro de salud rumbo al improvisado puerto. El recorrido no duró mucho. El sitio de embarque era una playa de más o menos cien metros. Había merenderos por todos lados y un grupo de indígenas medio desnudos que al parecer estaban pasando la borrachera de la noche anterior.

La voladora ya estaba en la orilla del río, esperando por sus tripulantes desde hacía rato. Nora habló con el piloto y repartió unos chalecos salvavidas que este le entregó.

—Bueno, si quieren tomar o comer algo, aprovechen ahora, que para donde vamos no hay ni tiendas ni neveras —dijo a su equipo.

Las nubes desaparecieron repentinamente y un sol brillante se impuso en el cielo, llevándose la grata brisa que hasta ese momento habían disfrutado. Corina, que había llegado una semana antes, padecía las consecuencias de los mosquitos y el calor de aquel clima tan diferente al de su ciudad. Tenía dermatitis, picadas de mosquito infectadas, urticaria, fastidio y ganas de devolverse para Bogotá desde el segundo día que puso el pie en Arauca.

—¡Uy, no! Yo no creo que vaya a resistir este rural, sinceramente; es que este clima es muy horrible —dijo mientras se aplicaba crema por todas partes y sacaba un cartón con el que se abanicaba constantemente.

—Bueno, ¿y tú cómo viniste a dar por acá? —le preguntó Ada.

—Pues imagínense —contestó con su acento bogotano—. Ya llevo como ocho meses desde que me gradué y no me salía nada cerca de Bogotá, así que una amiga de mi mamá le dijo que por aquí estaban necesitando odontólogos y pues aquí estoy. Claro que llevo una semana haciendo papeleos; la cosa más horrible —ambas sabían perfectamente a qué se refería.

Ada, que se disponía a despotricar acerca del procedimiento, fue interrumpida por la orden de abordar. La cara le cambió inmediatamente. Los ojos se le volvieron más grandes y la sonrisa se le congeló. Hasta ese momento había omitido un pequeño detalle.

—Socia, yo no sé nadar…

Lianeth la miró incrédula.

—¿Cómo así, pedazo de costeña falsa, que tú no sabes nadar? ¡Si te criaste a la orilla del mar!

Con un esfuerzo, más por orgullo que por deber, Ada se embarcó en la voladora, se agarró del borde y quedó prácticamente inmóvil. El resto de los ocupantes, que se desenvolvían con mayor destreza, se acomodaron perfectamente. Corina, la odontóloga, pidió sentarse al lado del piloto, mientras que Lianeth prefirió la proa, desde donde pensaba que sacaría algunas buenas fotografías. Nora, Antonio y Miriam se acomodaron en la mitad. El equipo estaba listo y por fin Nora dio la orden… El recorrido había comenzado.

Gervasio Simbaqueva tenía la piel del mismo color del agua del río, curtida por años de sol y hambre. Era un hombre de unos sesenta años extremadamente delgado. Usaba un sombrero de paja, que alguna vez fue blanco, y una camisa gris raída de tanto lavarse amarrada con un pequeño nudo a falta de botones; sus pantalones, típicamente doblados, le daban el aspecto del auténtico llanero. Sus pies descalzos estaban protegidos por incontables capas de barro y callos y sus brazos flacuchentos, con las venas tan brotadas que hubieran servido para una clase de anatomía, dirigían con gran seguridad el pequeño motor que impulsaba la lancha. Lianeth lo miraba atentamente y no podía dejar de pensar que aquella cara le era familiar. «¡Pero claro, si es el mismo hombre que estaba el día que llegamos en el aeropuerto, sentado al lado del carro de Germán!».

Gervasio pareció adivinar sus pensamientos y la saludó como diciéndole:

—Yo soy, el mismo, guata; le dije que nos volveríamos a ver —una sonrisa y un gesto con su sombrero fueron suficientes. Lianeth buscaba la mirada de Ada, pero se encontraba petrificada mirando con cuánta rapidez fluía el agua del río.

Hacía quince años se había enrolado en la guerrilla, casi por casualidad. Cuando los subversivos comenzaron a llegar al departamento, se encargaban de resolver los problemas del pueblo. Si alguien no pagaba sus deudas, lo llamaban y le daban plazo para que arreglara el asunto. Si era muy pobre y no tenía ni un techo para su familia, los compañeros le conseguían puesto con algún hacendado que no podía negarse a semejante causa. Las personas simpatizaban con este procedimiento, porque en cierta manera se llenaba un vacío de justicia que existía por parte del Gobierno. Por aquel entonces, Gervasio era un campesino que vivía del ganado y la pesca. Era el patriarca de una numerosa familia (diez varones y cuatro mujeres) que hacían parte de su fortuna personal. Un día llegaron cinco hombres a su casa a ofrecerle trabajo y abundante comida a cambio de dejarlos dormir unas cuantas noches. Jamás se imaginó que se estaba fundando el primer campamento guerrillero del departamento de Arauca. A los pocos meses, ya no tenía casa y sus hijas se habían ido, algunas siguiendo las promesas de amor de los subversivos, y las más jóvenes con su madre, que no resistió el repentino cambio de vida. Gervasio se había entregado al alcohol y se entretenía contándole anécdotas a los nuevos dueños de aquel lugar, y hablándoles de las familias más famosas de la región. Así se convirtió, sin darse cuenta, en el enlace de los primeros contactos de la guerrilla con la población civil. Para esta época ya Gervasio no era indispensable, pero gozaba de la confianza de los cabecillas del lugar, así que se encargaba de transportar a los que sus "patrones" necesitaban en el monte. Ese día, su misión era llevar al equipo médico hasta el lugar de la brigada.

El río se encontraba en perfecta calma y sus aguas se abrían mansamente al paso de la pequeña embarcación. Gervasio escudriñaba el horizonte. A pesar de su aspecto humilde, su actitud era la de una persona muy segura. Su rostro reflejaba la sabiduría que se adquiere cuando se ha vivido, y eso llenaba de confianza a ambas médicas. Corina, que había exigido el puesto al lado del piloto, le preguntaba cada cinco minutos cuánto tiempo faltaba para llegar. Ya habían pasado unos treinta minutos de recorrido, cuando un giro inesperado de la embarcación sacó a todos los ocupantes de la monotonía.

—Doctora Nora, por aquí deben estar los compañeros —dijo Gervasio con voz cansada mientras escupía.

Ada y Lianeth sabían perfectamente qué significaba esa palabra. No entendían por qué se detenían en medio de la nada, pero todo parecía muy tranquilo. Gervasio apagó el motor y la embarcación se dirigió por inercia hacia la orilla. El silencio se interrumpía ocasionalmente con el canto de un pájaro o el movimiento de algún animal entre la hierba. Gervasio colocó hábilmente la pequeña embarcación debajo de las ramas de un enorme árbol, para aprovechar la sombra.

—Estén pendientes que no nos vaya a caer una cuatro narices[13] —dijo Gervasio mientras, de pie en el bote, trataba de divisar algo entre la espesa vegetación.

Al oír aquella advertencia, toda la tripulación miró instintivamente hacia las ramas del árbol en busca del temido reptil. Ada, que hasta ese momento parecía momificada, sin desprender la mano del borde del bote preguntó enérgicamente:

—¿Esto qué significa, Nora?

Lianeth estaba sorprendida de la reacción de Ada. Sabía que tenía pánico por no saber nadar y, además de esto, sentía fobia por cualquier animal que se arrastrara, así que la sola idea de que en cualquier momento cayera una culebra del árbol debía perturbar a Ada más que a cualquiera; pero en fin, esa era su amiga…

---

[13]   Serpiente que abunda en esa región.

Miriam, Corina, Lianeth y Antonio tenían la mirada fija en Nora. Sin duda esta parada no estaba planeada en la brigada. Ya se disponía a responder algo cuando un grito lejano hizo girar a todos la vista hacia la espesura.

—¡Compadreee!… —se oyó a lo lejos.

Desde el bote, Gervasio contestó con el mismo tono de voz:

—¡Aquí, compadreeee!…

En menos de treinta segundos, aparecieron varias cabezas de personas por entre la maleza. Eran hombres jóvenes que rondaban los treinta años y salían de todos lados. Llevaban pañoletas del Che Guevara de color negro amarradas en la cabeza o en el cuello, vestidos con ropa de civil y botas de caucho, e iban armados impresionantemente. Cada uno llevaba un fusil y una canana llena de municiones y algunos tenían, además, cuchillos y pistolas al cinto. Lianeth observaba todo mientras pensaba que posiblemente esos serían sus últimos momentos como ciudadana libre. Una mirada compartida con Ada que significaba "¡Nos llevó la guerrilla!" fue lo único que se atrevió a hacer.

Antonio, que hasta ese momento había permanecido más bien callado, se saludó con uno de los aparecidos. Corina había dejado de abanicarse y permanecía inmóvil; se veía aún más blanca y un sudor típico de calor y miedo le recorría toda la cara.

En contraste, Miriam Yaneth parecía indiferente a lo que estaba pasando y se entretenía buscando entre sus cosas algo de beber.

A Nora se le iluminó el rostro, y una sonrisa que jamás habían visto sus subalternos, se dibujaba en su rostro. Parecía estar viviendo la felicidad absoluta.

—Tranquilas, médicas, que ellos son amigos —dijo mientras alzaba la mano en señal de saludo.

Para ese entonces, Gervasio había lanzado una cuerda a uno de los compañeros, que la recibió y utilizó para acercar aún más la embarcación.

—¿Qué más, Nora? ¿nos trajo el encargo? —preguntó uno de los aparecidos.

—Claro. ¿Usted qué cree? Aquí tienen. Bajen esas tres cajas —dijo señalando el misterioso equipaje sin dejar de sonreír—. Mire, estas son las médicas de la brigada de hoy y la odontóloga —dijo mientras señalaba a cada una.

Los hombres estaban más bien serios y parecía que inspeccionaban en todo momento el lugar.

—Sí, no se preocupen, que ya todo está despejado por allá —le contestó uno de ellos.

El ambiente se había distendido un poco. Por lo menos iban a seguir hacia su destino, lo cual era una buena señal. El encuentro duró aproximadamente quince minutos. Los compañeros se apresuraron a cargar las cajas, mientras que ya unos cuantos habían desaparecido.

De repente, el clima cambió. El sol desapareció del cielo y unas nubes negras prolongaron la sombra del árbol que los protegía. Una brisa fría erizó las aguas del río. Gervasio se disponía a recoger la cuerda cuando alguien apareció intempestivamente.

—Nora, todo está preparado allá arriba. No demoren, que tengo unos muchachos enfermos.

Aquel hombre se distinguía del resto del grupo dramáticamente. Era alto, con musculatura bien definida y cejas pobladas que enmarcaban unos ojos profundamente negros de mirada impenetrable. Su pelo negro y reseco por el sol caía desordenadamente sobre sus hombros. Vestía como el resto, pero no portaba armas, solo la pañoleta que llevaba en forma de brazalete en la muñeca izquierda. Lanzó una mirada a cada uno de los tripulantes, como si los contara, y desapareció entre la vegetación sin decir una sola palabra.

Lianeth y Ada no sabían si aquello se trataba de una aparición. Era el hombre más apuesto que habían visto en Arauca. Tenía rasgos indígenas, pero su corpulencia y la abundante cabellera dejaban en claro que sus genes habían sido sabiamente mezclados. Estaban intrigadas por aquel misterioso sujeto. Sin duda esas personas no eran del ejército ni nada parecido, pero tampoco llevaban emblemas de ningún grupo guerrillero. Ya habría tiempo para las preguntas.

Llevaban una hora de recorrido. La suave brisa se había transformado en un viento fuerte y ligeras gotas de lluvia caían esporádicamente. A pesar de ser la única embarcación que navegaba en ese momento, Gervasio hacía el recorrido casi en zigzag, según él, esquivando los bajos de arena que nadie veía.

Eran las 8:40 a. m. Lianeth había tomado algunas fotos del impresionante paisaje y todos trataban de cubrir lo mejor posible el equipaje, pues amenazaba una fuerte lluvia.

Nora se divertía con Ada, haciéndole bromas sobre la actitud petrificada que esta mantenía. Lianeth pensó que seguramente Ada estaba bien asustada, porque no la había mandado al diablo de una buena vez; por el contrario, aceptaba casi humildemente las bromas del resto de la tripulación. Se vivía un momento agradable. Por fin, Miriam Yaneth alzó la mano para saludar.

—Vea, Nora, si ya llegamos —dijo mientras saludaba a unas cuantas personas que se asomaban en un claro del río.

—¿Y dónde está la gente? —preguntó Corina.

—Tranquila, doctora, que esos ahorita llegan —respondió Miriam entusiasmada.

Desembarcaron rápidamente. La comitiva de bienvenida estaba integrada por unas diez personas, todos campesinos típicos del lugar. Se disculparon por no tener nada para brindarles y les hicieron seguir hasta la única casa que se divisaba en todo el lugar. Tenía el la cubierta de tejas sin cielo raso y varias habitaciones con tableros pintados en la pared. Era la escuela. Al entrar, decenas de murciélagos se desprendieron del techo, inquietos por el repentino ruido. Afortunadamente, esto no perturbó a las médicas; solo Corina salió corriendo despavorida del lugar. Cuando se dio cuenta de que nadie la seguía, regresó resignadamente. Algunos campesinos disimulaban la risa mientras Corina se encargaba de explicar nerviosamente que aquellos "bichos" eran portadores de miles de enfermedades.

—No se preocupe, guata, que si usted no se mete con ellos, pues ellos tampoco se meten con usted —dijo alguien.

Nora la miraba con reprobación, pero se había divertido viendo cómo corría, alzando más de lo debido las piernas para evitar la maleza.

—Bueno, armemos el equipo, que no demora en llegar la gente. Empezamos a las diez.

Se refería sobre todo a la unidad portátil de odontología, que constaba de una silla reclinable y el equipo básico para realizar extracciones. No había luz ni planta eléctrica, así que era lo único que se podía ofrecer. Odontología se instaló en la terraza de la escuela, mientras Lianeth y Ada buscaban cada una el cuarto mejor ventilado para improvisar el consultorio. El escritorio serviría de camilla en caso necesario y los medicamentos fueron ordenados meticulosamente, según su uso, en pequeños grupos en el piso. No había otra opción. Esta labor no duró más de veinte minutos, así que cuando todo estuvo listo, las dos médicas salieron a unirse con el resto del grupo fuera de la casa para esperar a los pacientes.

* * *

Germán Arteaga se había levantado muy temprano esa mañana. Sabía que las cosas tenían que salir bien. Era muy importante devolverle el favor a un amigo, así que había organizado todo para brindar ayuda médica de la manera más disimulada posible, organizando una brigada de salud.

Se bañó y se afeitó meticulosamente aquel día. A las siete de la mañana ya se encontraba en la casa de Rogelio Campuzano, un compadre que había llegado a Arauca desde el Amazonas cuando la bonanza petrolera y había logrado sobrevivir con bastante holgura la mala racha económica que atravesaba el país entero. Durante un tiempo se dedicó al negocio de las esmeraldas, lo que le dio la oportunidad de conocer a toda clase de gente. Era un hombre solitario que había logrado amasar una gran fortuna, con la que mantenía a sus dos únicos hijos fuera del país. Decía que a Colombia no la dejaba por nada, porque no sabía hacer nada que no fuera ilegal y para eso se consideraba en el paraíso. Su esposa Juana Cristina, una mujer gorda y descuidada, lo trataba como si fuera Dios y su único objetivo en la vida era complacer a su esposo en todo lo que estuviera a su alcance.

Fue ella quien recibió a Germán esa mañana.

—Doctor Germán, bienvenido, siga nomás… suba, que allá arriba lo están esperando.

La casa era de dos pisos y estaba muy mal decorada, con adornos costosos que no combinaban ni siquiera entre ellos mismos.

Al terminar la escalera estaba el cuarto de la televisión, con una pantalla gigante y una terraza, y a la derecha el estudio, donde se encontraba Rogelio con dos de sus guardaespaldas.

—Muy puntual, mi amigo… Eso es lo que me gusta de usted, que es un hombre correcto.

—Buenos días, Rogelio —los modales de Germán definitivamente sobresalían en aquel lugar.

En la habitación había un escritorio de madera finamente tallada y, al fondo, un mueble que exhibía varios trofeos de campeonatos de coleo. En la pared derecha se encontraba la cabeza disecada del mejor caballo que hubiera existido jamás, según Rogelio, en toda la región, así que cuando murió, hizo que uno de sus empleados viajara en su avioneta hasta Bogotá y consiguiera un taxidermista para disecarlo y mantener viva la memoria de aquel gran campeón de coleo. Cuentan que la intención era que le devolvieran a su animal entero, pero al parecer el desafortunado veterinario del pueblo había intentado realizar el procedimiento empíricamente, y cuando llegó el taxidermista y dictaminó que lo único que se podía salvar era la cabeza, Rogelio le dio dos días al veterinario para que desocupara el local, que era de su propiedad, y jamás nadie lo volvió a ver. El día que fue exhibida por fin la cabeza, ofreció trago gratis a todo el que quisiera acompañarlo. El parrando llanero duró cuatro días, hasta que por fin el orgulloso propietario cayó vencido por el alcohol y el chimu[14].

Sobre una mesa, al otro lado de la habitación, habían instalado un moderno equipo de comunicaciones. No bien hubo entrado Germán, cuando uno de los empleados se dispuso a establecer la comunicación con alguien llamado Tomás al otro lado del aparato.

—¿Entonces qué, mi compadre? ¿Me mandó el médico que necesitamos? —le preguntó Rogelio mientras se acariciaba la prominente barriga y se reclinaba en la silla.

—Sí, claro; es más, les mandé a las dos rurales nuevas y hasta la odontóloga, a quien le di la orden para que entrara hoy mismo y alcanzara a ir a la brigada.

---

[14] Mezcla fuerte de hoja de tabaco que se mastica y se usa como droga, algunas veces mezclada con cocaína.

Supe que salieron a eso de las seis y media, así que estarán de regreso como a las cuatro de la tarde.

—Eso sí que no se va a poder, compadre —dijo Rogelio mientras alzaba las cejas.

—¿Cómo así que no se va a poder? Si yo envíe a la gente por un día. Ellos no llevan ni provisiones ni nada.

—Bueno, pero así es la vida. Anoche me llamó Tomás y dijo que los hijueputas estos acababan de atacar un campamento (no sé por qué, porque esa zona ya estaba arreglada), y como que hay algunos muchachos malheridos. Así que necesitamos que nos los revisen, y si son médicas, pues mucho mejor, ¿sí o no, compadre? —terminó diciendo mientras soltaba una risotada sarcástica.

Germán guardó silencio. De sobra sabía que si la decisión estaba tomada, él no podía hacer nada, pero se sentía preocupado por la suerte de sus rurales. Él no estaba de acuerdo en llevarse a nadie en contra de su voluntad, así que, aunque sabía que nada se podía hacer, pidió hablar con Tomás.

—*Doctorcito, no se preocupe, que nosotros le devolvemos a su personal enterito. Ya usted sabe que a nosotros no nos interesa hacerle mal a nadie* —decía una voz entrecortada al otro lado de la radio.

A una señal, cambiaban de canal para seguir la conversación en otra frecuencia; de esa forma era más difícil que localizaran la llamada. Germán se encontraba nervioso. Sabía que lo que decía Tomás era cierto, pero aun así se sentía muy mal, sobre todo por Lianeth, Ada y Corina; el resto pertenecía de alguna manera al movimiento.

Germán le propuso a Tomás una cita para el día siguiente. Sabía que si era inevitable que las médicas se quedaran, su presencia seguramente las tranquilizaría.

—Bueno, confirmo esta noche. Todo depende de cómo se esté moviendo esto por allá. ¿Mandó las cajas?

—Sí, claro; todo está listo.

Después de esto, la conversación se interrumpió. Rogelio se sentía satisfecho. Su trabajo había sido conseguir el transporte y patrocinar la brigada, así que hasta ahí llegaba todo. El resto, ya era problema de otro.

—Bueno, compa, no se apure, que si me dicen que lo recoja y lo mande mañana, yo lo hago llegar.

Se despidieron. Germán regresó a su casa aún más preocupado, sin saber si había mandado a sus propios empleados a la muerte. Eso jamás se lo perdonaría…

* * *

La gente comenzó a llegar de todas partes. Lo que antes era un lugar solitario y apartado se convirtió rápidamente en el punto de reunión de más de ciento cincuenta personas. Era más de lo que se esperaba: los medicamentos no alcanzarían ni para la mitad. En pocos minutos organizaron los turnos de odontología y medicina; los primeros serían los niños, de forma que quedaba la tarde para la población adulta. Miriam Yaneth se encargaba de organizar la consulta médica. Desde la terraza de la escuela iba otorgando los turnos según la gravedad del asunto y hacía seguir a los pacientes de dos en dos hasta los improvisados consultorios, mientras Corina y Nora hacían lo suyo en odontología. Antonio se había desaparecido al poco tiempo de armar el equipo de Corina, lo que al parecer a Nora no le había importado.

El calor era insoportable, y dentro de la escuela, Lianeth y Ada sudaban copiosamente. Desde allí escuchaban el bullicio de los saludos y los cuentos de los campesinos y los indígenas que se reunían a la sombra de los gigantescos árboles que rodeaban la escuela. Pero de pronto, un misterioso silencio hizo que se interesaran en lo que estaba sucediendo afuera. Cuando terminaron con sus pacientes, salieron a la terraza, agradeciendo la suave brisa que comenzaba nuevamente a refrescar el lugar. Adentro no había suficiente ventilación y el sudor y la falta de aseo de la mayoría de los pacientes había impregnado todo el lugar. Ambas respiraron profundamente y observaron a una hermosa mujer que montaba un caballo blanco. Vestía con una especie de manta indígena y exhibía una larga cabellera negra. A su lado iban dos hombres vestidos con pasamontañas y las mismas pañoletas negras, pero esta vez ambos usaban brazaletes con el distintivo del E.L.N.

Lianeth y Ada se miraron nerviosas. Le preguntaron a Miriam de qué trataba todo aquello.

—No se preocupen, doctoras, seguro que traen algún enfermo. Ellos son conocidos.

Eso las tranquilizó. Corina permanecía con la pinza en una mano y el espejo en la otra, sin parpadear, y nuevamente una capa de sudor fino comenzó a brotar de su frente. Las personas habían hecho una especie de círculo, rodeando a los tres extraños visitantes. Nadie decía una palabra.

—Necesitamos un médico —dijo altivamente la mujer.

Al oír esto, las médicas sintieron una punzada en el pecho. Ada se acercó instintivamente a Lianeth; ambas sentían el corazón en la boca. Nora avanzó hacia la misteriosa jinete sin muestras de preocupación.

—Bueno, aquí estamos atendiendo. ¿Quién es el enfermo? —preguntó, mientras con una mano se protegía los ojos del inclemente sol.

Uno de los acompañantes le impidió el paso.

—Necesitamos un médico para que se venga con nosotros ahora —dijo con voz de mando, sin posibilidad de discusión.

Lianeth fue la primera en reaccionar. Sabía que de nada serviría ocultarse y todos los que estaban allí sabían que ella y Ada eran médicas. Cuando dio el primer paso, observó que todos tenían puestos los ojos en ellas.

—Yo soy médica —dijo, tratando de que la voz no le temblara demasiado.

Las personas se apartaron inmediatamente, abriéndole camino. Veinte metros eran los que separaban la casa de los extraños visitantes. Lianeth caminaba despacio, observando a la mujer del caballo. Trataba de establecer algún tipo de contacto visual con ella para sentir menos miedo, pero su mirada era impenetrable. Recordó el encuentro que habían tenido unas horas antes en el río, y a aquel personaje que Ada no había dejado de describir.

Lianeth se encontraba ya a pocos metros de los visitantes cuando la mujer le dijo:

—Recoja sus cosas, que usted se viene con nosotros.

No había ningún tipo de emoción en sus palabras. Lianeth tenía puesta su bata y el fonendoscopio aún colgaba en su cuello. Ada, que hasta ese momento no había dicho nada, gritó desde la puerta de la escuela:

—¡Yo también soy médica! —Sus palabras expresaban toda la solidaridad que sentía por su amiga.

Lianeth ya se encontraba rodeada por los dos hombres uniformados y el color había desaparecido de su rostro. La mujer se dirigió a Nora.

—Siga la brigada con ella —dijo señalando a Ada— y yo resuelvo con esta. Nos vamos —dijo, mientras hacía girar a su montura.

—¡Yo voy con la doctora!

Nora había hablado con autoridad. La mujer detuvo bruscamente el caballo, e intercambió una rápida mirada con sus dos acompañantes. Ambos comprendieron que había autorizado a Nora para ir con ellos también. Lianeth sintió alivio, pero su corazón latía a una velocidad que jamás había sentido. Nora recogió rápidamente algunas cosas, al tiempo que le pedía a Miriam el equipo de pequeña cirugía.

—Ustedes sigan con la brigada —les decía mientras avanzaba hacia Lianeth—. En la tarde nos vemos.

Fue lo último que dijo. En menos de un minuto, desaparecieron en medio de la espesura.

8

Rosaura Cisneros se encontraba, como de costumbre, viendo las noticias del mediodía en su televisor. Era cerca de la una de la tarde cuando el noticiero regional anunciaba enfrentamientos del ejército con un grupo subversivo en las inmediaciones de las Bocas de Lele.

«¡Pija!», pensó. «Están cerca de las muchachas. Se les va a complicar la cosa por allá». Se dirigió apresuradamente hacia el teléfono. Ella sabía a quién tenía que llamar. Total, como siempre lo hacía: estaba totalmente involucrada con sus inquilinas y sentía un profundo aprecio por ellas. El teléfono empezó a dar tonos.

—¿Aló? ¿Quién habla?

—¿Germán?

—Sí, Rosaura, ¿cómo está? —Germán Arteaga reconoció inmediatamente la voz; sabía muy bien el motivo de esa llamada.

—¿Escuchó lo que está pasando? —preguntó sin preámbulos.

Germán pensó en fracciones de segundo lo que iba a responder. No quería transmitir su propia preocupación, pero tampoco sabía cómo evadir a Rosaura.

—Sí, claro. Yo estoy viendo el noticiero, pero no se preocupe, que usted sabe que cuando hay brigada de salud, uno notifica primero para que no haya problemas.

Rosaura, que era una mujer sagaz, notó inmediatamente cierta vacilación en la respuesta de Germán… claro que también sabía que tenía que ser cautelosa para poder sacar la información que necesitaba.

—Pero, ¿usted se ha comunicado por radio con el grupo?

—No... —titubeó—. Como a las tres de la tarde me voy para donde Rogelio para hablar por la radio, y después yo le informo de cualquier cosa, estese tranquila.

Ambos colgaron preocupados. Rosaura ya no tenía dudas de que algo le estaba ocultando Germán. A las tres de la tarde tendrían que estar ya iniciando el camino de regreso, porque por ley no pueden transitar vehículos en Zona Roja después de las cinco de la tarde en carretera, así que no les daba tiempo para estar citándose a esa hora para hablar por radio. «Esto no se queda así», pensó mientras se dirigía hacia su cuarto a cambiarse de ropa. «Me voy ahora mismo para donde Rogelio».

* * *

Llevaban más de una hora caminando en medio de la nada bajo el inclemente sol. No se habían encontrado con ningún ser humano en todo el trayecto. De vez en cuando, Nora interrumpía el silencio para explicarle a Lianeth algo sobre la vegetación o algún animal que pasaba furtivamente.

—¿Ves esas garzas allá? —señaló Nora.

—Sí, Nora, son unas garzas comunes y corrientes —Lianeth no entendía cómo Nora estaba tan contenta y con ganas de hacer de guía turística en esos momentos, pero se veía realmente entusiasmada. Por lo menos, eso le daba algo de tranquilidad.

—Pero mire bien —le decía mientras le jalaba la bata para llamar su atención.

En ese momento, se dio cuenta de que se encontraba en mitad del llano con la bata puesta. Recordó cómo algunos profesores criticaban a los alumnos por salir del hospital usando la bata. «Parecen carniceros», les decían. Además, la bata es para evitar que la ropa de la calle contamine al paciente. «Si me vieran ahora...», pensó. Y por un instante, le dio risa su situación: andando detrás de una desconocida que montaba a caballo con dos uniformados y Nora, que parecía que estuviera de fiesta.

—Esas son corocoras —señaló la misteriosa mujer desde su caballo—. Son garzas rojas. Solamente se ven por aquí, bien adentro del llano.

Lianeth observó con detenimiento la enorme bandada de aves, que alzó el vuelo intempestivamente. Cientos de garzas blancas inundaron por unos momentos el firmamento, mientras que algunos puntos rojos adornaban la enorme nube blanca que se había formado.

—Sí, ya las veo —«Por fin habló esta vieja», pensó—. ¿Y por qué hay tan poquitas rojas? —le dirigió la pregunta con el fin de establecer una conversación.

—Es culpa de la gente, que no puede ver nada bonito, porque quieren acabar con ello. Como son tan hermosas, se dedicaron a cazarlas y allí está el resultado.

Al hablar, aquella mujer había dejado traslucir cierta nostalgia. Por un momento ya no se veía tan altiva. Lianeth aprovechó para preguntar:

—Y usted, ¿cómo se llama?

La mujer la miró sin detenerse.

—Irama. Mi nombre es Irama Escalante.

Lianeth estaba pensando rápidamente cuál sería su siguiente pregunta para no dejar caer el momento, pero Nora la detuvo.

—¿Oyen?… son disparos.

Todos quedaron inmóviles para esperar que el silencio apareciera de nuevo y confirmara lo que Nora había dicho. A lo lejos, se oían ráfagas de disparos.

—Tranquilos, ya casi llegamos, y eso no es con nosotros —dijo Irama, mientras iniciaba nuevamente la marcha.

Cinco minutos después, al bajar una pequeña loma, se encontraron en medio de una especie de caserío. Había calles —sin pavimentar—, casas y personas caminando como si nada, la mayoría uniformados y bien armados. También había niños y mujeres.

—¿Cómo se llama este pueblo? —preguntó ingenuamente Lianeth.

—No tiene nombre ni aparece en el mapa. Y después de hoy, usted nunca va a volver por aquí —contestó secamente Irama mientras desmontaba.

Al hacerlo, Lianeth pudo observar las anchas caderas de la jinete. Estaba embarazada.

—Sigan para que empiecen a trabajar. Juan, ofrézcales algo de comer a las doctoras y mande a avisar a alguien que ya estamos aquí.

—Sí, señora —contestó dócilmente el llanero, al tiempo que hacía una especie de venia llevándose la mano a su sombrero.

—Sigan por aquí nomás, mis doctoras.

Irama desapareció. Juan caminaba medio encorvado y a paso rápido con sus pantalones doblados y descalzo. Tenía unos veintitantos años y padecía un leve retraso mental. No cerraba del todo la boca y no dejaba de hablar ni un segundo. Nora le preguntó:

—Juan, ¿usted sabe dónde está Jorge Mario?

Juan se puso nervioso. No sabía qué responder y tan solo se agarraba la punta de su sombrero, como si de allí le fuera a salir alguna respuesta.

—Aquí estoy, Nora.

Los tres voltearon instintivamente. El mismo hombre que horas antes había aparecido en el río las saludaba amablemente.

—Por fin, hombre, tiempos sin verlo. Usted sí que se pierde. ¿Qué tal el encargo?

—Muy bien, Nora, gracias —hablaba en tono preocupado—. No pudo llegar en mejor momento, ¿si oye?… —a lo lejos continuaba incesantemente el sonido de las ráfagas—. Hay varios muchachos heridos.

—Le presento a la médica. Lianeth, él es Jorge Mario.

—Mucho gusto —dijo él, extendiendo su mano para saludar—. Jorge Mario Escalante.

Lianeth quedó sorprendida. Era más apuesto de lo que recordaba, y ahora que mencionaba su nombre completo, le encontró ciertos rasgos comunes con Irama.

—Sigan por aquí para que tomen algo.

Las condujo hasta una de las improvisadas viviendas. Eran casas con techo de hojas de palmera, piso de tierra y paredes de algo parecido al barro. Entraron en una particularmente grande.

Lo que encontraron fue aterrador.

Había decenas de hombres gravemente heridos. El olor a sangre y putrefacción invadía todo el lugar.

—Un momento —dijo Lianeth—. Estas heridas no se tratan con pastillas ni sutura. Hay que darles antibióticos intravenosos y algunos necesitan cirugía. Deben ser atendidos en un hospital.

—Hagan lo que puedan —Jorge Mario Escalante había dicho esas palabras con algo de desesperación. Al parecer, realmente le importaba esa gente.

Lianeth trató de decidir por dónde empezar. La habitación era de más o menos veinte metros cuadrados. El techo era alto, lo que daba algo de frescura y buena ventilación. Tres mujeres indígenas se afanaban en ofrecerles algo de agua a los que podían recibirla. Ellas se habían encargado de atenderlos con hierbas y bebedizos y habían logrado que algunos se recuperaran, pero la gravedad de las heridas de aquellos hombres nunca la había encontrado Lianeth en su práctica médica.

Se acercó a la primera cama y retiró la cobija ensangrentada de un joven que aún no había cumplido la mayoría de edad. Tenía el abdomen destrozado. Sin guantes, retiró una especie de emplasto hecho con hojas de tabaco y trapos que servía para tapar le herida. Al hacerlo, tuvo que contener las náuseas. Lianeth no sentía aversión por las heridas; por el contrario, había servido de voluntaria en varias ocasiones durante su entrenamiento en hospitales de caridad para atender a los enfermos. Viejos diabéticos, con úlceras que muchas veces alcanzaban el hueso y requerían de paciencia y dedicación. Sin embargo, lo de aquel joven no lo había visto jamás. El pobre no tenía pared abdominal, y se podían observar sus vísceras casi flotando en un caldo purulento. Cuando removió un poco para ver si los intestinos estaban perforados, vio que cientos de gusanos se movían en su interior. Recordó sus clases de medicina legal. Este tipo de parásito pertenecía a la fauna cadavérica (la que se encuentra en los cadáveres cuando se inicia el proceso de descomposición). ¡Se lo estaban comiendo vivo! El joven deliraba por la fiebre y sus ojos imploraban porque se acabara su martirio como fuera.

—¿Cómo te llamas? —preguntó Lianeth.

—Poncho, pero yo no tengo nada que ver en esto —dijo jadeando—. Yo solamente le iba a llevar una razón a mi papá para que viniera, me cogieron y me hicieron esto.

—¿Cuánto tiempo lleva esta herida?

—Tres días hace que me trajeron. Ayúdeme, por favor.

Nora se encontraba a su lado. Tenía la cara petrificada y sostenía firmemente el equipo de cirugía. Se había dado cuenta de que no era mucho lo que podían hacer.

—¿Tienen agua? —le preguntó Lianeth a una de las indígenas, que no respondió. No hablaba español. Nora le hizo algunas señas e inmediatamente trajeron un recipiente con agua.

—Nora —dijo Lianeth—. Vamos a lavar esto lo mejor posible, ¿estás segura de que me puedes ayudar?

—Segura. Dígame que hacemos —contestó resuelta.

Las indígenas ayudaron a colocar de medio lado al muchacho, y mientras Nora vertía agua en la herida, Lianeth, protegida con un pedazo de tela, metía la mano hasta donde alcanzaba para, literalmente, desentrañar los gusanos. Increíblemente, los intestinos estaban intactos. El joven gritaba desesperadamente, así que pararon un momento para dejarlo descansar.

—¿Qué desinfectante tenemos, Nora?

Nora no había contestado aún cuando Juan apareció en la puerta con varios frascos de creolina, un desinfectante para pisos que también se usa frecuentemente para bañar el ganado. Lianeth se disponía a mezclarlo con algo de agua para no quemar demasiado los tejidos sanos, cuando las indígenas empezaron a hablar entre ellas en su lengua, al parecer disgustadas. Juan les explicó que no estaban de acuerdo con el uso de medicamentos, que les bastaba con los rezos y los emplastos de tabaco que habían hecho y que si se los quitaban, el joven moriría y la culpa sería de las dos blancas.

Nora y Lianeth se miraron.

—No sé si le esté cambiando la infección por una peritonitis química, pero si no lo hacemos, se va a morir de todos modos —dijo Lianeth—. Es más, no entiendo cómo no está en *shock* séptico. Esta herida lleva más de tres días. ¿Cómo se la habrá hecho?

—Le atravesaron un palo para que hablara —dijo Juan, agarrándose nuevamente la punta de su sombrero—. Cuando llegó aquí, tenía una estaca metida en la barriga y nosotros se la sacamos.

Nora y Lianeth se miraron decididas. Vertieron la creolina diluida con agua. Una espuma rosada salió de las entrañas del pobre joven, trayendo consigo algunos gusanos más que se movían espasmódicamente antes de caer muertos al piso. El joven lanzó un último grito y, para su fortuna, se desmayó. Terminaron de limpiar la cavidad lo mejor que pudieron. La herida tenía ahora un mejor aspecto: había quedado reducida a un hueco de unos siete centímetros. Nora levantó los bordes para facilitar que Lianeth introdujera la mano hasta donde alcanzara, para dejar todo lo más limpio posible. Cuando terminaron, Juan se dedicó a recoger los gusanos del piso con un pedazo de cartón que hacía las veces de escoba. Lianeth les vertió creolina pura y, en menos de un minuto, quedaron reducidos a una masa nauseabunda. Las indígenas se dedicaron a bañar al desafortunado paciente, mientras Nora y Lianeth buscaban algún lugar donde lavarse las manos. Estaban en eso cuando Jorge Mario Escalante llegó con una caja llena de medicamentos.

—Miren a ver qué les sirve, y si necesitan más, en la noche se los consigo.

—Lo que necesitamos es más gente. Llevamos una hora y solamente hemos atendido a un paciente —dijo Lianeth.

—Eso ya está resuelto —contestó con una sonrisa—. Ya la gente fue a buscar al resto de la brigada. Deben de estar llegando como a las seis de la tarde. ¿Quieren comer algo?

Esa pregunta ya la habían hecho varias veces, pero esta vez ninguna de las dos podía pensar en comida. Cada vez que cerraban los ojos, cientos de gusanos se revolcaban por todos lados.

—Mejor vamos a ponerle este antibiótico al paciente —dijo Lianeth resignada.

Después de canalizarlo y colocarle solución salina más prostafilina y algo de morfina para el dolor, se dedicó a revisar a los otros pacientes.

Nora se encargó de las heridas más superficiales y de los que aparentemente estaban en mejor estado. Cuando fue a retirar la mano de uno de ellos para buscar una vena para canalizar, se quedó con el brazo del paciente en su mano. Se lo habían cercenado con un machete.

* * *

Pasado el mediodía, Ada Rivera había atendido más de cien pacientes. Era un récord que ella misma no podía creer, aunque la mayoría eran casos de escabiosis[15], desnutrición y diarrea. Algunos tenían síntomas que ameritaban estudios que jamás se harían.

Casi todas eran personas jóvenes de treinta y tantos años, y algunas ya padecían los efectos de insuficiencia cardíaca, disnea y edema de miembros inferiores, causados por un parásito protozoario llamado *Trypanosoma cruzi*. Se conoce como mal de Chagas o tripanosomiasis, que se adquiere a través de la picadura de insectos hematófagos, como el chinche. La enfermedad destruye lentamente el músculo cardíaco, lo que impide el funcionamiento normal del corazón. Esta enfermedad solo se conoce en América, principalmente en las zonas pobres de Centro y Sur América, debido a que el chinche infectado se aloja en las primitivas viviendas construidas con adobe y madera, que eran justamente los materiales de las casas en donde vivían aquellas personas. No había forma de realizar laboratorios clínicos, ni mucho menos llevarlos a otro lugar fuera de allí, así que trataba de resolver la situación de cada uno lo mejor posible, suministrándoles un diurético para disminuir el edema y evitar que los pulmones también se llenaran de líquido, aunque sabía que eran medidas solamente paliativas. En pocos días estarían en la misma situación, e irían empeorando cada vez más. Definitivamente, esta era otra Colombia… o pensándolo mejor, esta *también* era Colombia.

Corina ya no sentía los dedos de su mano derecha debido a la fuerza que realizaba en cada extracción. No recordaba cuántas había hecho. Igualmente Miriam Yaneth, por su parte, ya había aplicado todas las dosis de vacunas, unas setenta, y aun así, seguían apareciendo pacientes de todos lados.

Hicieron un receso para descansar y comer algo. Aunque no habían tenido tiempo para nada más, la preocupación era evidente en Corina y Ada. Por el

---

[15]   Infección producida por un parásito y trasmitida por la picadura de insectos.

contrario, Miriam Yaneth parecía acostumbrada a este tipo de situaciones. Antonio, que desde la mañana estaba desaparecido, se presentó con dos campesinos que portaban una enorme olla que contenía un líquido morado.

—¡El almuerzo! —dijo Antonio, mientras acomodaba las cosas en una tabla que haría las veces de mesa improvisada. El agua que usaban para cocinar era extraída de un pozo. Era bastante cristalina pero, según Antonio, tenía muchos minerales, por lo que al cocinarse los alimentos, adquirían un raro color morado (principalmente el plátano, que era abundante en esa región).

Estaban dispuestas a probar aquella extraña sopa. Ada miró su reloj: eran casi las tres de la tarde. Estaba agotada y la angustia por la desaparición de su amiga se acrecentaba a medida que el tiempo transcurría. Corina había preguntado por el baño. Una de las mujeres que habitaban el lugar le señaló un pequeño habitáculo que se veía a unos cuantos metros de la casa escuela. Era un cuarto de dos metros de ancho, con un sanitario que debía de haber sido blanco alguna vez. Las paredes tenían humedad por todos lados, pero la necesidad fisiológica se impuso y Corina entró a hacer lo suyo, procurando no sentarse del todo y en el mayor silencio posible, para evitar alborotar a unos cuantos murciélagos que colgaban del techo. Ya estaba subiéndose los pantalones cuando sintió algo frío en una de sus piernas: una enorme rana platanera había decidido explorar aquel extraño árbol que había entrado en su territorio. Corina salió despavorida con los *jeans* a medio subir, llorando histéricamente.

—¡Yo me quiero ir para mi casa! —gritaba una y otra vez sin importarle que la escucharan todos.

Ada acudió en su ayuda y trató de calmarla. Le despegó la rana de la pierna y la llevó a la sombra de un gran árbol algo retirado del gentío para tranquilizarla. Corina estaba en plena crisis: el clima le parecía horrible, la gente le parecía horrible, no le gustaban los animales, ni el campo. Definitivamente había hecho una mala elección en cuanto a su rural, y lo peor era que se había enfrentado a esta situación en su primer día de trabajo.

—Bueno, amiga, tranquilízate. Ya pronto nos vamos, te das un buen duchazo y te olvidas que estuviste por aquí. Por lo menos pudiste desatorarte, ¿cierto?

Corina esbozó una pequeña sonrisa en medio de su desesperación, lo que Ada interpretó como un sí.

—Bueno, mírale el lado bueno a todo. La rana se te pegó en la pierna y no en otra parte que hubiera sido peor.

Corina sonrió. Sin duda, algunas veces la desfachatez de Ada daba buenos resultados…

Pero ese momento no duraría mucho. A lo lejos, Ada observó un grupo de hombres uniformados que se acercaban. Antonio salió a su encuentro. Se estrecharon la mano y, tras cruzar unas palabras, Antonio volteó a mirar preocupado hacia donde estaban Ada y Corina. Ada se levantó rápidamente y se dirigió casi corriendo hacia Antonio. Pensaba que traían noticias sobre Lianeth y Nora, pero estaba equivocada. Los hombres le informaron a Antonio que había enfrentamientos muy cerca del lugar y tenían varios heridos, por lo que estaban "pidiendo" la colaboración del grupo para que se unieran a las doctoras que se habían llevado en la mañana.

«Pobre Corina», fue lo primero que pensó. Ada no estaba asustada. Por lo menos, no más de lo que había estado durante todo el día. Sabía, por comentarios del centro de salud, que Antonio participaba activamente en la guerrilla urbana y era un hombre justo y sencillo, así que no esperaba nada malo de él. Además, prefería estar junto a su amiga que volver sin ella.

Después de que Ada le explicara a Corina la situación y esta nuevamente se echara a llorar, dieron por terminada la jornada de trabajo en ese lugar. Miriam le explicó a los que faltaban por recibir atención médica, que posiblemente al otro día se retomaría la consulta. Las personas entendieron perfectamente la situación: sabían muy bien lo que estaba sucediendo.

Les dieron unos momentos para recoger las cosas y almorzar. En menos de treinta minutos los uniformados llevaban a Corina, Ada, Miriam y Antonio, hacia un lugar desconocido.

* * *

Cerca ya de las cuatro de la tarde, Rosaura Cisneros se dirigía a casa de Rogelio Campuzano. Germán no había llamado y sabía muy bien que el enlace más directo con los compañeros era Rogelio.

Rosaura era bien conocida en esa casa, por lo que no tuvo que ser anunciada. En ocasiones anteriores, Rogelio había acudido a ella para que intercediera ante su esposa por algún desliz amoroso, o por perder grandes sumas de dinero en apuestas (otra de sus pasiones), y Rosaura, después de regañarlo como a un hijo y asegurarle que era la última vez que lo ayudaba, convencía a Juana Cristina para que regresara con él y le diera otra oportunidad.

—Rogelio, ya usted sabe por qué estoy aquí. Cuénteme, ¿qué hay de mis muchachas?

Rogelio le explicó claramente la situación a Rosaura, eludiendo cualquier responsabilidad en cuanto a la suerte de sus inquilinas. Simplemente las cosas se habían salido de control por causa de los heridos que habían llegado de un campamento vecino, en donde, desgraciadamente, el médico había muerto accidentalmente.

Germán Arteaga apareció en ese momento. No esperaba encontrar a Rosaura allí y no pudo disimular la sorpresa. Después de unos instantes de tensión, Germán le aseguró a Rosaura que las médicas estaban fuera de peligro y que lo más probable era que regresaran al otro día, porque el remplazo del médico fallecido ya estaba en camino. Todo estaba resuelto y no había por qué preocuparse.

—A menos que al ejército se le dé por aparecer y decida embestirnos por allá; y ahí sí que no puedo garantizarle nada —dijo Rogelio levantando las manos.

Rosaura sabía que tenían razón. «El destino a veces juega malas pasadas», pensaba. En ese momento, Juana Cristina entró con unos bocadillos para merendar. Los tres tenían la mente en una zona indeterminada del llano y se hacían la misma pregunta: «¿Cómo les estará yendo a las muchachas?».

9

Cuatro de los heridos que atendían Lianeth y Nora habían fallecido en menos de dos horas. Ambas miraban con impotencia cómo la muerte les ganaba la batalla. La mayoría de ellos estaban en muy mal estado. Juan se encargaba de envolver los cuerpos en bolsas plásticas y llevárselos de allí ayudado por un par de trabajadores. Ninguna de las dos tenía idea del destino final de aquellos infortunados, ni sabían en qué condiciones los habían herido, o si tenían familia. Nadie se acercaba a preguntar por la suerte de ninguno. Solamente Jorge Mario entraba y salía con frecuencia del improvisado hospital. Para las cinco de la tarde, catorce de los veintisiete heridos ya no estaban allí. Para algunos la muerte llegaba como un alivio que habían suplicado por horas; otros estaban inconscientes y solo abrían los ojos unos instantes antes del momento final. Trece de ellos seguían aferrándose desesperadamente a la vida; increíblemente, Poncho formaba parte de ese grupo...

Lianeth observaba a Nora; aquella mujer la sorprendía cada vez más. Se dedicaba a cada uno de los pacientes con gran interés y seguía al pie de la letra las instrucciones que ella le daba. Nora le había comentado que jamás había visto morir a nadie y, hasta ese momento, pensaba que la muerte llegaba con gritos y contorsiones, como la mostraban en algunas películas. Lianeth le explicó que no importaba cuán larga hubiera sido la agonía o qué la hubiera producido: los instantes que precedían a la muerte eran iguales para todos. El paciente entra en un estado de letargia y su respiración se hace lenta y profunda; luego la mirada queda fija en algún lugar y el cuerpo se relaja por completo. Médicamente, no se puede diagnosticar la muerte en ese momento, porque aún hay signos vitales, pero el alma, el espíritu o la esencia que le daba vida al cuerpo ya no está allí. Lo que se observa en ese instante es una lucha biológica por la supervivencia, dirigida por instintos ancestrales de conservación. Cuando el Ph sanguíneo disminuye, estimula el centro respiratorio, produciendo una respiración refleja; pero si se observa detenidamente, la cara del paciente es inexpresiva. No hay dolor ni sufrimiento. Esa teoría le había ayudado a Lianeth para acompañar a varios de sus pacientes en ese último momento, y ahora le estaba ayudando a Nora a entender de otra manera lo que es un proceso inevitable.

—Algún día nos tocará a nosotras, Nora, pero no es tan malo como parece. Te aseguro que no duele.

Jorge Mario entró en ese momento para avisarles que estaban los heridos que estaban esperando. Nora y Lianeth acababan de hacer la "ronda" y sus trece pacientes estaban estables, así que se podían dedicar a clasificar por gravedad a los nuevos heridos.

Salieron a recibirlos y aprovecharon para respirar un poco de aire fresco. Estaban escudriñando el horizonte cuando, en vez de divisar a los heridos, vieron cómo descendían la pequeña loma el resto de su grupo. La felicidad fue inmensa para ambas amigas.

Ada observó a Lianeth: tenía la bata manchada de sangre y otras secreciones. Nora estaba igual, y ambas olían horrible. Por unos momentos no sintieron ni el cansancio ni el hambre. La temperatura era nuevamente agradable y el sol estaba convirtiéndose en un disco de un intenso color naranja que tiñó todo el lugar. El paisaje era realmente hermoso, y contrastaba con la triste realidad que las rodeaba.

Jorge Mario hizo su aparición para dar la bienvenida al grupo. Ada quedó sorprendida de encontrar tan pronto a aquel hombre que se le había quedado grabado en la mente, y al parecer, Jorge Mario sintió lo mismo. Sus miradas se cruzaron por unos instantes. Un interés común surgió inmediatamente entre ellos.

Corina estaba aterrada. Se encontraba allí, en la mitad de lo que parecía un campamento guerrillero… Era demasiado para ella. Dio unos pasos y perdió el conocimiento. Corina se desmayó…

* * *

Imelda Sandoval, más conocida como "Lopeor", había sido compañera de estudios de Lianeth y Ada durante toda la carrera. Fue en varias ocasiones representante del curso y pertenecía al grupo de danza de la universidad. En fin, era una mujer alegre que siempre iniciaba sus frases con «lo peor fue que…». Incluso cuando exponía algún tema usaba esa expresión constantemente. «Si el paciente no toma tal medicamento… lo peor, no mejora», y «lo peor es que nos demandan por mala práctica». Esa era Lopeor.

Había decidido hacer su rural en el departamento de Sucre, en donde por medio de la universidad logró realizar siendo estudiante las prácticas extramurales en varios hospitales y puestos de salud. Sucre, que también es considerado Zona Roja, vive principalmente de la ganadería y la agricultura. Los hacendados más adinerados pagan su cuota a la guerrilla, pero los que deciden no hacerlo buscan la protección de los paramilitares, y es entonces cuando la sangre paga las cuentas. Lopeor había atendido en la urgencia del hospital a algún que otro guerrillero. Aunque no llegaran uniformados ni con heridas de bala, todos en el pueblo sabían quién era quién.

Los médicos no pueden tomar partido bajo ningún punto de vista. No les interesa si es político o delincuente, pobre o rico: cuando un paciente llega a una urgencia, se le presta el servicio y punto. Muchas veces, al ejercer la profesión, quedan en medio de un conflicto del que no forman parte. Si atienden a un guerrillero, los paramilitares les piden cuentas y viceversa; y si atienden a un soldado, los paramilitares y la guerrilla exigen lealtad. Esto muchas veces no llega más allá de las amenazas, pero en otras ocasiones les cuesta el puesto y algunas veces hasta la vida.

Ejercer una profesión en Colombia, especialmente en esos territorios, puede ser tan peligroso como ejercer la delincuencia, con la diferencia de que los delincuentes están organizados y se protegen entre ellos mismos, mientras que un empleado común y corriente no.

Lopeor se graduó en Medicina y decidió regresar a Sincelejo, capital del departamento de Sucre, en donde había dejado buenos amigos y las relaciones necesarias para ser admitida en el hospital como médica rural. El sueldo era bueno y la paga puntual, garantías que pocas veces se encuentran unidas. Su hogar se encontraba en Cartagena, departamento de Bolívar, a unas cuantas horas de su trabajo, así que los fines de semana libres viajaba para estar con su familia. Alquilaban un taxi entre varios y en poco tiempo, después de haber disfrutado del majestuoso paisaje de las grandes haciendas ganaderas de la región, llegaban a su destino.

En uno de esos viajes, al llegar a un retén guerrillero, los bajaron a todos del carro y les pidieron la cédula. Ese día, Lopeor había tomado el transporte con dos amigos ingenieros y una señora que se ganaba la vida llevando mercancía de pueblo en pueblo. Todos estaban preocupados, pero los tranquilizaba el hecho de que no eran personas útiles para la guerrilla. Entre ellos no había ningún adinerado, así que su mayor temor era que el ejército se enterara de la existencia de ese retén y se encontraran en medio de un enfrentamiento, por lo que todos deseaban que pasara lo más pronto posible ese desagradable momento. Uno de los guerrilleros se acercó al carro y les pidió a todos su cédula de ciudadanía. Las tomó y se las llevó, al parecer, a la persona que comandaba el operativo. Una guerrillera sacó un papel de su bolsillo y empezó a buscar entre las cédulas. Cuando regresaron a devolverles los documentos, simplemente señalaron a Lopeor y le dijeron:

—Usted se viene con nosotros. Necesitamos un médico.

Todos quedaron desconcertados. La cédula de ciudadanía no ofrece esa información. Así que era a Imelda a quien buscaban.

—Esto es lo peor —dijo Imelda—. ¿Por qué tengo que irme con ustedes?

—Porque lo digo yo —le respondió secamente la guerrillera, que aún sostenía el papel en su mano—. Y por su bien espero que nos sirva de algo —terminó diciendo, mientras empujaba a Lopeor hacia el otro extremo de la carretera.

Lopeor iba vestida con pantalón ceñido, zapatos de tacón alto, blusa ajustada y el pelo recién arreglado del salón de belleza. Era una morena esbelta, muy vanidosa y siempre cuidaba mucho su imagen personal. Sabía que tenía un cuerpo envidiable y alardeaba de ello; además, sus cualidades para el baile la habían hecho muy popular en la época de la universidad. Siempre estaba de buen humor y le sacaba el chiste a todo. Pero no a ese momento. No le permitieron regresar al carro a recoger nada, ni despedirse de sus compañeros de viaje. Todo pasó demasiado rápido. En quince minutos, no había rastros ni del retén guerrillero, ni de Lopeor...

Después de una hora de camino entre la maleza, siempre bajo la presión de insultos y amenazas, Lopeor fue llevada a un lugar que parecía una enorme hacienda, con una casa que tenía todas las comodidades. En su interior se encontraba un hombre con quemaduras de primer, segundo y tercer grado en más del sesenta por ciento de su superficie corporal. Lopeor supo enseguida que el pronóstico era malo.

—Este hombre necesita una Unidad de Cuidados Intensivos inmediatamente. ¿Qué quieren que yo haga?

—¡Que le quite el dolor! —le gritó la guerrillera casi histéricamente—. Usted nada más diga qué necesita, y más le vale que le dé resultado.

La actitud de aquella mujer había sido hostil desde el primer momento. El hombre herido era su esposo. Su sufrimiento era inmenso pero, paradójicamente, el dolor se lo producían las quemaduras más superficiales. (Eso sucede porque los receptores para el dolor se encuentran en la epidermis; cuando las quemaduras abarcan más allá de la piel —segundo y tercer grado—, aunque son más peligrosas, su dolor es relativo). Pero la ansiedad y la deshidratación tenían a este hombre al punto de un colapso nervioso. La mitad de su rostro estaba desfigurado, pues podían verse algunos dientes a través del gran orificio que tenía en lo que antes era el labio superior, y respiraba con dificultad debido a las secreciones de una masa deforme que quedaba de su nariz. Lopeor trató de explicar que su estado era casi irreversible, pero la guerrillera la empujó contra la pared y la agarró de los cabellos, amenazándola una vez más.

Lopeor era una mujer altiva. No se dejaba mandar de nadie, y mucho menos de una desconocida histérica, así que le respondió con la misma agresividad, empujando de vuelta a la guerrillera. Esto fue un error para ella: se había ganado una enemiga.

Otro de los que se encontraban en el lugar intervino diciéndole a la guerrillera que se tranquilizara. Le habló amablemente a Lopeor, quien ordenó unas bolsas de suero, antibióticos y morfina. En menos de media hora le habían traído el doble de lo que había pedido. Sin tardanza, buscó algún lugar del cuerpo de aquel infortunado donde poder canalizarle una vena. Por suerte, una pequeña parte del brazo había quedado intacta. Por el grado de deshidratación en que se encontraba el paciente, la canalización no fue fácil, pero después del tercer intento, la vía de acceso estaba lista y se inició inmediatamente el tratamiento. La primera bolsa de suero se le pasó a chorro, es decir, muy rápidamente, para ganar volumen y así impedir que el paciente entrara en falla renal, aunque Lopeor sabía que en cualquier momento habría un desenlace fatal. Ya un poco estabilizado, Imelda pidió hablar con quien estuviera a cargo. Quería explicar el crítico estado en el que se encontraba aquel desafortunado y advertir del final que seguramente vendría. «Ella es la encargada», le contestó el otro guerrillero que estaba en la habitación señalando a la histérica mujer, que había salido a traerle algo de tomar a su esposo.

Aquel hombre pertenecía a uno de los frentes de las F.A.R.C. Había sufrido un accidente la noche anterior, al parecer manipulando explosivos. Por decisión de todos, una vez realizado el retén y conseguido atención médica, el resto del grupo había seguido su camino, dejando en esa hacienda al herido con su esposa y dos compañeros más que ayudarían con el transporte y la adquisición de medicamentos. Lopeor entendió que su destino estaba en manos de una desequilibrada. Ella había atendido muchas veces a guerrilleros durante su año de internado y sabía muy bien que eran personas normales, pero también sabía que el ser humano, bajo la presión de circunstancias difíciles, puede convertirse en cualquier cosa. Para su infortunio, el quemado no dejaba de gritar desesperadamente. La morfina hacía su efecto, pero pocos minutos después regresaban con más fuerza los gritos de angustia y dolor. Era un círculo vicioso que se extendió hasta bien entrada la noche, cuando la guerrillera, fuera de sí, tomó a Lopeor y la sacó del cuarto a empujones.

—¡Usted no sirve para nada! ¿Por qué no me consiguieron un hombre?

A cada frase, un golpe era lanzado con furia a la cara de Lopeor. La guerrillera le ordenó que se quitara la ropa. Con fusil en mano era muy difícil negarse, así que, sin saber el objetivo de aquella orden, Lopeor se desvistió, quedando totalmente desnuda. Después de esto, le pegó nuevamente con la culata del fusil y la encerró en un pequeño cuarto vacío y oscuro.

Lopeor lloró desconsoladamente por más de una hora. No sabía dónde se encontraba, y si su vida dependía de la recuperación del quemado, solo un milagro podría salvarla. Vivía momentos de angustia que pocas personas podrían imaginarse. Había perdido la noción del tiempo. El antibiótico debía ser aplicado cada cuatro horas, así que se imaginó que ese era el tiempo que había transcurrido cuando la guerrillera entró a buscarla. Su mirada reflejaba odio y desprecio. Imelda no entendía por qué estaba viviendo aquella situación. La vida le había cambiado en un instante, se encontraba desesperada, humillada, y sentía miedo, un miedo infinito que la hizo reaccionar cuando se abrió la puerta y vio a su infame captora.

Lopeor se abalanzó encima de ella tirándola al suelo y corrió lo más rápido que pudo. Pero no había recorrido ni diez metros, cuando un fuerte brazo la sujetó por el cuello tan violentamente que perdió el equilibrio. Se encontró en el suelo, desnuda y con un hombre disfrazado de héroe de combate sobre ella mirándola libidinosamente. En ese momento entendió por qué la habían desnudado: quizás eso impediría que escapara. Se había golpeado la cabeza al caer. Trataba de taparse sus partes íntimas con sus manos, cuando sintió que alguien la jalaba por el pelo tan fuerte que la obligó a levantarse. Era esa mujer, que se encontraba totalmente fuera de sí. Tenía la mirada vidriosa y su cara era una mueca de angustia y rabia.

—Ahora va a saber lo que está sintiendo mi marido, ¡imbécil! —gritaba mientras arrastraba a Lopeor de nuevo a su cuarto.

La tiró en el piso y dio la orden para que entre dos la sujetaran firmemente. Al mismo tiempo, mientras la insultaba, encendió con pasmosa calma un tabaco de esos que fuman los abuelos y lentamente se dedicó a fumarle en la planta de los pies, lo suficientemente cerca para quemarla y a la distancia precisa para que no se le apagara la implacable llama que destrozaba sus tejidos. Cada quemadura era un grito de dolor y de pánico. ¿Cómo era posible que la estuvieran torturando así? Era una escena que no se había imaginado ni en su peor pesadilla. Cuando aquella desquiciada mujer pensó que era suficiente, las plantas de los pies de Lopeor eran una masa gris ensangrentada. Los dedos habían quedado ilesos, afortunadamente. Cuando pensó que su tormento había terminado, a los dos minutos regresó la mujer con una tijera en la mano.

—¡Esto se lo voy a hacer, porque usted no sirve para nada! —y diciendo esto la jaló nuevamente por el pelo y le dio varios tijeretazos a la cabeza de Lopeor. Unos cortaron cabello y otros, cuero cabelludo. Esta zona del cuerpo es bastante vascularizada, por lo que cualquier herida sangra abundantemente. Esto favoreció a Lopeor porque la mujer, al ver la cantidad de sangre que emanaba de la cabeza de su víctima, dio por terminada su tortura. Esta vez no se preocupó en cerrar la puerta y se alejó diciendo:

—Si se quiere ir, lárguese, que ya viene otro médico a remplazarla.

Lopeor trataba de hacer presión sobre las heridas de su cabeza para detener la hemorragia. ¿Por qué le habían hecho todo aquello? Hubiera atendido igualmente al quemado sin necesidad de ninguna violencia. La embargó un sentimiento de impotencia y rabia, y con el último aliento que le quedaba le gritó todos los insultos que recordaba a aquella despiadada mujer.

De repente, escuchó que un carro se acercaba. Guardó silencio esperando el momento oportuno para pedir ayuda. La puerta de su cuarto permanecía abierta, así que no tendrían dificultad en oírla. Trató de levantarse, pero el dolor de sus pies hizo que desistiera, así que se quedó atenta a lo que sucedía afuera.

Al parecer, habían llegado varias personas, pues oía voces que se acercaban. Se arrastró como pudo hacia la puerta en un intento de que la vieran. Un grupo de seis personas se acercaba. Una mujer, al ver a Lopeor, la reconoció enseguida: había sido su paciente un año atrás, cuando ella era interna en el hospital de Sincelejo. Lopeor le realizó un legrado fuera de su jornada laboral con ayuda de otros internos, y también le consiguieron medicamentos y comida. La mujer había quedado agradecida con todos. Jamás volvieron a saber de ella hasta ese día, que veía a su benefactora tirada en el suelo tras un rastro de sangre, en condiciones infrahumanas.

—¿Pero qué es esto, doctora? ¿Qué le paso? ¿Quién le hizo esto? —preguntó al tiempo que su cara se trasformaba en un gesto de vergüenza.

Lopeor no pudo responder, su visión se nubló y el intento de hablar se transformó en un sonido incoherente. De repente, todo le dio vueltas a su alrededor y sintió cómo caía lentamente en un estado de inconsciencia.

Jamás supo lo que pasó después. Cuando volvió en sí, se enteró de que llevaba tres días viajando por parajes desconocidos, y que ahora la estaban tratando bien. Tenía otra ropa puesta, pero las heridas de sus pies empeoraban día a día. Viajaban en camperos[16] y se hospedaban en las fincas, donde les daban comida en abundancia para seguir su camino sin detenerse más de dos horas en cada lugar. Se turnaban para conducir, así que día y noche se internaban cada vez más en lugares totalmente desconocidos para ella. La cargaban cuando tenían que movilizarse, y muchas veces pasaron puestos de vigilancia del ejército sin ningún problema. No llevaban armas ni uniformes, y cuando preguntaban para dónde iban, respondían que «a un puesto de salud a llevar a la prima, que se había quemado con aceite caliente». Lopeor estaba sin fuerzas. Tenía fiebre y pasaba mucho tiempo inconsciente. Ese día, el recorrido había terminado temprano. Cambiaron de vehículo y atravesaron un río; poco después, se encontraron en un lugar donde no había fronteras ni árboles, y sin saber ni cómo, cruzaron tres departamentos. Finalmente habían llegado a Arauca.

* * *

Lianeth informó rápidamente a Ada sobre el estado de cada paciente. Pasaron de cama en cama y revisaron la herida de Poncho. La descripción que Lianeth le había dado a Ada minutos antes no concordaba para nada con lo que observaban en ese momento. El joven se encontraba despierto y sin fiebre, aunque aún muy adolorido.

—Reevaluarás tus conceptos de asepsia en este lugar, Ada. Lo que he visto aquí es impresionante. Esto se llama supervivencia.

—Increíble, socia —dijo Ada, mientras observaba con detenimiento la herida.

Nora se había hecho cargo de Corina y la había llevado a otra casa para que estuviera cómoda, y Miriam Yaneth, por su parte, había ido a "saludar" a algunos amigos que tenía en ese extraño lugar.

Terminada la revisión de los pacientes, Ada y Lianeth buscaron un lugar donde sentarse y descansar. Ada sacaba de su bolso galletas y enlatados, que fueron devorados con avidez por su amiga.

---

[16]   Automóviles todoterreno.

—No recuerdo cuándo fue la última vez que comí —dijo Lianeth, mientras buscaba en el fondo del bolso de Ada cualquier otra cosa que se pudiera comer.

—Caramba, socia, el cautiverio te ha sentado bien. Tú, la eterna inapetente, con hambre. Eso sí está bueno —dijo Ada sonriendo.

—Ada, ¿tú tienes idea de dónde estamos?

—No, pero tranquila, que a más tardar mañana estaremos de vuelta en Arauca. Ya Antonio me explicó todo, y esta gente no tiene intenciones de quedarse con nosotras. Lo que pasó fue que les mataron al médico de ellos, pero ya viene en camino el reemplazo —Ada hablaba con un entusiasmo que no era propio de ella, mucho menos en una situación como esa.

—Oye, socia, ¿qué te está pasando? —le preguntó Lianeth sin dejar de comer—. ¿No me digas que esta gente te lavó el cerebro en el camino? Estamos en un campo de batalla, yo pude oír los disparos —dijo ya en una actitud muy seria.

—Yo también los oí, socia, pero no te preocupes, que eso no es con nosotros y aquí no van a llegar. Este es un lugar neutral. Un refugio, o mejor dicho, esta gente tiene un trato con los del ejército, para que no anden por estos lados —Ada hablaba como contando un chisme. Se divertía al ver el rostro de su amiga pasar de la preocupación a la sorpresa—. Además, yo quiero aprovechar, ya que el destino nos trajo por acá, para saber qué es lo que piensa esta gente. Si en realidad tienen algo en la cabeza, o están perdidos de ruta.

Lianeth se quedó con el bocado a medio camino. Ya sabía lo testaruda que era Ada, así que no desperdició la oportunidad para recordarle que no hablara con nadie. Por ahora, necesitaba algo para tomar. Ambas emprendieron una caminata calle abajo, donde se veía más gente. Las indígenas se habían quedado a cargo de los heridos y todo parecía tranquilo.

—Yo creo que los que se iban a morir ya se murieron, el resto se salva —dijo Lianeth mientras se quitaba la bata.

Se encontraban rumbo a una de las casas, cuando Nora se aproximó a ellas corriendo, como la loca del pueblo.

—Por acá, vengan, que llegaron los heridos.

Lianeth y Ada la siguieron a paso rápido, pero al voltear la esquina, ambas se quedaron paralizadas. Lo que veían era inhumano.

* * *

—Por mí no hay problema —comentó Rosaura con Efraín—. Yo les desocupo la casa y me mudo con mis hijos y las médicas para otra que queda a media cuadra de El Encuentro, así que no creo que les importe. Total, allá es donde se la pasan ese par.

—Bueno, entonces hagámoslo ya mismo.

Al decir esto, varios de sus guardaespaldas se pusieron a las órdenes de la señora Rosaura en cuanto a lo que tenían que trastear a la nueva casa. Rosaura les dio algunas indicaciones y, mientras los guardaespaldas iban a conseguir un carro adecuado para el trasteo, ella se dedicó a empacar el escaso equipaje de sus inquilinas. Por lo menos se estaba distrayendo con algo, aunque no dejaba de pensar que en cualquier momento podía haber una desgracia.

«¿Cómo les estará yendo a mi par de muchachas?», se preguntaba en silencio.

Efraín Bustamante se encontraba ya instalado con su familia y su equipo de seguridad, formado por cinco guardaespaldas fuertemente armados. Sus dos hijos, de ocho y diez años respectivamente, corrían por todas partes, alegrando el pesado ambiente que se respiraba. Habían vuelto a amenazarlo de muerte para que desistiera de sus pretensiones políticas, pero Efraín estaba convencido de poder hacer algo bueno por Arauca y sabía que tenía que aprovechar estos últimos años de regalías petroleras. Si bien era cierto que la violencia tenía mucho que ver con la actual situación, en Arauca, como en el resto del país, se podía ver la consecuencia de los malos manejos por cuenta de los dirigentes políticos. Lo que Efraín no sabía era que no podría demostrar jamás si lo que decía era cierto, o simplemente se trataba de otro más que quería el poder para beneficio propio.

Mientras tanto, a pocos metros de allí, en el billar de la esquina, varios hombres estaban reunidos planeando cómo lo detendrían.

—El problema es que si nos llevamos a la vieja esa, nos echamos al pueblo encima —dijo uno de los asesinos refiriéndose a Rosaura Cisneros, mientras se concentraba en la estrategia que utilizaría para hacer que las tres bolas que se encontraban en la mesa hicieran contacto.

—Sí, pero acuérdese que las elecciones son el otro mes.

—Por eso no hay problema —dijo mientras observaba con satisfacción cómo había logrado un tiro perfecto—. Ya está arreglado que él no va a ganar, pero lo que no le podemos dejar pasar es que no esperó el turno que le estaban ofreciendo y se puso de gallito a lanzarse por su cuenta, así que él sabe a qué atenerse —terminó diciendo, mientras acariciaba la cacha de la pistola que sobresalía de su cintura.

—Entonces cojámoslo a la salida de la iglesia, que es donde da papaya porque va sin escolta —decía el otro, mientras le daba tiza a la punta del taco y se disponía a lanzar una tacada perfecta.

—¡Bien pensado! Eso sí, un trabajo limpio. Solamente le damos al objetivo y nos largamos.

Los otros dos acompañantes se acercaron y, cerveza en mano, brindaron por el plan que acababan de trazar.

—Bueno, muchachos, todo está dicho. El domingo hacemos el trabajito.

Los cuatro alzaron las botellas de cerveza y brindaron sonrientes. Efraín debía ser asesinado. Ahora solo era cuestión de esperar el momento señalado y desaparecer igual que habían llegado.

10

Jorge Mario se encargaba de dar las órdenes para transportar a los heridos que llegaban en improvisadas camillas, hechas con dos palos y pedazos de camisas que la mayoría de las veces eran del propio herido. Los que llegaban vivos eran trasladados a un quiosco enorme de unos treinta metros de diámetro, con techo de palma y piso de cemento, el cual había sido construido en medio de tres enormes árboles que le brindaban una sombra permanente. La construcción era impresionante. Las columnas que sostenían la inmensa techumbre estaban colocadas milimétricamente equidistantes. Eran troncos que habían sido tallados, seguramente en momentos de esparcimiento, por los habitantes del lugar. Contenían pensamientos, nombres entrecruzados y signos de paz; algunos tenían dibujados la bandera de Colombia. El lugar parecía dibujado por un paisajista. De no ser por los heridos que eran transportados y dejados en el suelo, aquel sería el sitio perfecto para pasar una tarde en familia o en compañía de buenos amigos, pero la realidad era otra. A los gritos de dolor de los heridos se unía el llanto de los familiares, que imploraban que les atendieran inmediatamente. Los cadáveres eran apilados a unos cuantos metros del quiosco.

Lianeth y Ada no salían de su asombro al ver que entre los heridos se encontraba su compañera de universidad. Les parecía como una visión. Lopeor venía en brazos de uno de los extraños sujetos que la habían llevado hasta allí.

—¡Imelda! —gritó Lianeth angustiada al tiempo que corría a su encuentro.

—Desgraciados —murmuró Ada cuando, ya a su lado, observó los vendajes de ambos pies—. ¿Qué te hicieron? ¿Por qué? —le preguntaba, mientras hacía que llevaran a su amiga a un lugar del quiosco donde pudiera atenderla.

El extraño sujeto no pronunciaba palabra. Dejó a Lopeor en el suelo y se devolvió para reunirse con sus compañeros de viaje. Hablaron unas palabras con Jorge Mario y desaparecieron sin mirar hacia atrás.

Lianeth y Ada no habían vuelto a ver a su compañera desde hacía más o menos un año, cuando decidieron hacer el internado en hospitales diferentes, pero se habían llamado de vez en cuando. Lopeor no podía hablar. Cuando reconoció a sus compañeras, un llanto que había controlado por varios días irrumpió con fuerza de su interior. Al parecer, le habían estado suministrando algún medicamento para tranquilizarla. Las palabras salían entrecortadas de su boca; luego, extendió sus manos y ambas médicas la abrazaron con todo el dolor que sentían por su lamentable estado. Se encontraba despeinada, el pelo había sido cortado salvajemente y, cuando Ada se dedicó a retirar los vendajes de los pies, una mirada cruzada con Lianeth le hizo entender a Lopeor que sus heridas no tenían buen pronóstico.

—¿Voy a perder mis pies? —preguntó todavía somnolienta.

—No vas a perder nada —contestó Lianeth—. Aquí hemos visto cosas peores y han salido adelante, pero tenemos que curarte, Ime —la llamaban así cariñosamente—. Y tú sabes que te va a doler.

—Duérmanme y hagan lo que tengan que hacer —dijo en tono de cansancio.

—Primero vamos a canalizarte una vena. Empezamos con el antibiótico intravenoso y vemos cómo están el resto de los heridos, y después, nos dedicamos a desbridar esta herida lo mejor posible —Lianeth le habló con dulzura. Estaba indignada por lo que le habían hecho a su amiga. ¿En medio de qué clase de salvajes estaban? Ahora sabía con seguridad que no se encontraban a salvo como decía Ada. En cuanto terminaran su trabajo, cualquiera podría venir a pegarles un tiro y hasta ahí sería todo.

Lianeth, que ese día había canalizado más pacientes que en todo el año de internado, no tuvo problemas para encontrar la vena de su amiga. Un poco de morfina y líquidos en abundancia le mejorarían notablemente su estado físico.

Después de terminar con Lopeor y de encomendarle a una indígena que no se moviera de su lado, se puso al tanto de la situación que las rodeaba. Algunas madres lloraban al ver el estado en que se encontraba su hijo; otras, lo hacían junto a su cadáver, viendo cómo había quedado de destrozado su cuerpo.

Ada se adelantó al sitio donde se encontraba Jorge Mario para sugerirle que los cadáveres fueran ubicados en otro lugar. El proceso de descomposición no demoraría en hacerse sentir y quería prevenir la contaminación de los heridos. Jorge Mario asintió con la cabeza en respuesta a la sugerencia de Ada: ambos se encontraban frente a una pila de más de veinte muertos. Él tenía una expresión de profunda tristeza en su rostro, se echó el pelo hacia atrás con ambas manos y se inclinó ante uno de los cadáveres, que se encontraba boca abajo. Al voltearlo, las vísceras del infortunado quedaron regadas en el piso. Ada, impresionada, observó que tenía una cortada que le atravesaba todo el abdomen verticalmente. Notó que había sido hecha después de la muerte, porque los bordes estaban limpios y no había evidencia de hemorragia. Casi por instinto, su mirada se dirigió al cadáver que estaba junto al que Jorge Mario acababa de voltear. Tenía la misma incisión. Revisó el resto y comprobó que la mayoría tenía heridas de bala, que sin duda habían causado la muerte, pero el abdomen había sido abierto de manera sistemática en todos los casos.

—¿Y esto qué significa? —preguntó indignada—. Si son tus compañeros, ¿para qué les hacen esto? No me vayas a salir con ritos satánicos ni nada parecido —terminó diciendo con las manos en la cintura, en un gesto que exigía una inmediata explicación.

—No, no se trata de ningún rito —contestó sin dejar de mirar con tristeza los cuerpos sin vida de sus amigos—. Yo los conocía a todos —añadió y, señalando con su mano la horrible escena, clavó su mirada en los ojos de la joven médica.

Ada sintió que aquel hombre no mentía. Por un segundo, le invadió una profunda tristeza y se incomodó al sentirse atraída con tanta fuerza hacia aquel desconocido. Desvió su mirada hacia el quiosco, y pudo ver cómo Lianeth y Nora se encontraban en la tarea de acomodar a los heridos ayudadas por sus familiares y varios indígenas, que se esmeraban en mantener limpio el lugar. Lianeth alzó la mano pidiéndole ayuda cuando vio que su compañera estaba mirando hacia ella. Ada se disponía a ir, pero Jorge Mario la detuvo tomándola de la mano.

—No se trata de ningún rito. Ustedes nos están ayudando a salvar a nuestros compañeros, pero los que mueren muchas veces deben ser enterrados en el mismo sitio de batalla y las fosas son poco profundas, así que esa herida impide que el cuerpo se reviente y sea encontrado por el enemigo, o devorado por cualquier animal salvaje —le dijo contestando su pregunta.

Ada lo observó como si hablara con un demente.

—Ustedes están locos —le dijo, mientras se soltaba bruscamente—. ¡No hay ninguna razón que valga para llegar a esto! —dijo mientras con su mano señalaba todo el lugar.

—¿Acaso tú crees que yo lo escogí? —le contestó casi gritando—. Lo que pasa es que aquí vivimos una guerra que solo la pelea a quien le tocan la familia. Los demás se hacen los pacifistas porque no han sufrido en carne propia lo que es que te quiten y te torturen a un ser querido.

—Un momentico —dijo Ada—. ¿Y ustedes qué vienen a hablar, si hacen lo mismo? Además, yo creo que la discusión filosófica queda para después, porque hay *vivos* que necesitan atención, antes de que haya que hacerles la raja esa que les estoy viendo a todos —dijo mientras se alejaba para unirse rápidamente al grupo que reclamaba su ayuda. Cuando estuvo lejos, se volteó y dijo—: Esto no se queda así, después terminamos la conversación.

Mientras se alejaba, se preguntó nuevamente qué era lo que tanto le atraía de aquel hombre.

«Que está buenísimo», pensó; pero eso no era todo. Había algo del interior de Jorge Mario por lo que Ada sentía una gran curiosidad…

* * *

En el quiosco, se trabajaba a toda prisa para aprovechar las últimas luces del día. Ada llegó dando órdenes de que se quedara un solo familiar por herido. Nadie atendió la sugerencia, pero la amenaza de suspender de inmediato las labores médicas logró que el lugar se despejara en pocos segundos.

Lianeth y Nora detenían las hemorragias y hacían lo posible por canalizar a los que ya habían encontrado un lugar en el piso. Juan estaba ocupado en colocar algunos clavos en las vigas para sostener las bolsas de suero. En una hora habían aplicado torniquetes, reducido algunas fracturas y colocado antitetánica y antibióticos a todos los pacientes. Por desgracia, solo eran nueve los sobrevivientes.

Ada observaba cómo los cadáveres eran retirados por voluntarios y familiares, que iban en procesión hacia algún lugar oculto en la espesura y la oscuridad de la noche. Los indígenas, que para entonces eran más de veinte, preparaban sahumerios y cantaban algo parecido a un lamento que les salía del alma. Habían hecho una hoguera cerca de los heridos para espantar los mosquitos y murciélagos, que a esa hora hacían su ronda, mientras Juan trataba de encender el motor de una pequeña planta que tosía y que prendía, intermitentemente, el único bombillo que colgaba en la mitad del techo del quiosco.

Todo se encontraba en aparente calma. Lianeth y Ada se dedicaron a la dispendiosa tarea de remover los vendajes y retirar el tejido muerto de la planta de los pies de Lopeor. Por suerte, tenían una excelente crema que servía para quemaduras. Limpiaron hasta lograr que sangrara nuevamente y colocaron gran cantidad de crema en ambos pies; luego, los cubrieron con vendas para evitar más contaminación.

—Mañana mismo vas a ver los resultados —le decía Lianeth a Lopeor.

—Esto que me ha pasado es lo peor —dijo, recordándoles por qué casi medio curso la llamaba de esa forma.

Lianeth acarició a su amiga y le aplicó un poco más de sedante.

—Duerme tranquila, Ime, que nosotras no te vamos a dejar sola. Ya pasó todo. Mañana nos vamos de aquí y en menos de lo que tú piensas, vas a estar en tu casa.

Lianeth hablaba para convencerse a sí misma de que lo que decía era cierto. Sostuvo la mano de su amiga hasta que el sedante hizo su efecto y observó cómo se quedaba profundamente dormida.

* * *

Los cadáveres habían desaparecido y los heridos estaban estables. Todo parecía en calma y bajo control. Ya eran casi las ocho de la noche y Nora había decidido ir a ver el otro grupo de heridos, diciendo que avisaría si necesitaba ayuda. De repente, Jorge Mario apareció con el semblante pálido.

—Irama está mal —dijo mirando a las médicas.

Lianeth y Ada continuaban sentadas en el piso del quiosco junto a su amiga. Ada se levantó de un salto y siguió a Jorge Mario, quien caminaba a toda prisa en la oscuridad de las calles, pues solo las casas tenían luz eléctrica.

Entraron a una de ellas. La sala era amplia, con una mesa hecha con madera del lugar y sillas tapizadas en cuero rústico. Jorge Mario se detuvo y Ada entró a una habitación conducida por una mujer joven. Irama se encontraba acostada en un catre, su piel brillaba por el sudor y una cantidad abundante de sangre era contenida por algunos trapos improvisados. Tenía una hemorragia vaginal.

—No quiero perder a mi hijo —fue lo primero que dijo al ver a Ada.

Esta, después de tranquilizarla y hacerle las preguntas de rigor en estos casos, supo que estaba finalizando el quinto mes de embarazo y el sangrado, seguramente, había sido provocado por la larga cabalgata que había realizado en la mañana. Al ver que Irama se quejaba de dolor, palpó su vientre y constató que se ponía rígido. Sin duda, se trataba de una contracción y las probabilidades de que sobreviviera la criatura eran nulas.

—Consígueme unos guantes —le dijo a la joven.

Irama la miró y, con un gesto, le ordenó que condujera a Ada al otro lado de una gran cortina que había en la habitación. Se trataba de un pequeño cuarto en el que había una gran cantidad de medicamentos: drogas muy sofisticadas, equipos de cirugía, vitaminas, purgantes y varios uniformes del ejército. Tras buscar minuciosamente, Ada reconoció en una esquina una de las misteriosas cajas que Nora había transportado en la mañana. Sin dudarlo, se dirigió a abrirla como si tratara de buscar algo. La joven no dejaba de mirarla, pero no parecía importarle que Ada revisara cuanto quisiera. Al abrir la caja, quedó sorprendida. Estaba llena de municiones. Balas del tamaño de un dedo que terminaban en una punta de acero se encontraban empacadas en pequeñas cajas de plástico. Ada sintió que la sangre se le subía a la cabeza. Nora la iba a oír. Cerró la caja y se dedicó a buscar el par de guantes que necesitaba.

Irama solo tenía dos centímetros de dilatación, así que podía tratar de detener el parto, pero no había encontrado ninguna droga que le sirviera para eso.

—Consíganme un trago de lo que sea —dijo asomándose a la sala donde se encontraba Jorge Mario con varias compañeras.

Jorge Mario la miró sorprendido. No entendía para qué Ada quería licor en un momento como ese. Ada, al ver la expresión de su cara, le explicó que el alcohol actuaba como relajante del músculo uterino, o sea, que servía para tratar de detener el trabajo de parto. La hemorragia en realidad era poca y las membranas estaban íntegras.

Una de las guerrilleras había salido rápidamente a buscar el pedido de la médica, y demoró cinco minutos en aparecer con una botella de aguardiente en la mano. Ada le explicó a Irama lo mejor que pudo que se trataba de lograr un efecto terapéutico. Mientras le explicaba, le canalizó una vena para hidratarla y le ordenó que se acostara sobre su lado izquierdo. Irama tomó con desagrado el licor que le ofrecía la médica. Afortunadamente, el alcohol hizo su efecto: después de eso no presentó más contracciones. Irama se encontraba ya más relajada y Ada le dio instrucciones a la joven acompañante para que le diera cada tres horas una buena dosis de licor.

—Por lo menos por esta noche te tomas el trago y además, reposo absoluto, no te levantes de esa cama ni para ir al baño. De eso depende la vida de tu hijo.

Le colocó una pequeña cantidad de sedante y prometió regresar en una hora para cerciorarse de que todo estuviera bien.

—Limpien toda la sangre para poder darnos cuenta si continúa la hemorragia —al decir esto, la joven que la asistía y dos mujeres más se dedicaron a la tarea de asear a Irama.

Al salir del cuarto, se encontró con Jorge Mario. Tenía la angustia reflejada en el rostro.

—No se va a morir, tranquilo —le dijo Ada muy seria—. Solo hay que esperar, pero creo que todo está controlado. ¿Por qué no me explicas tú qué fue lo que le hicieron a mi amiga los salvajes esos que la trajeron?

—Ellos no le hicieron nada. Tu amiga cayó por desgracia en manos de una desequilibrada que se considera revolucionaria, y que al parecer manejó mal las cosas. Pero una mujer la reconoció y nos pidió el favor de encargarnos de ella; por eso la trajimos hasta acá. Yo nunca me imaginé que era amiga de ustedes, estaba tan lejos de esta zona… Nosotros solo queríamos que recibiera atención médica discretamente, pero el médico que la debía atender murió.

—Lo mataron —interrumpió Ada.

—Bueno, el hecho es que el campamento a donde ella tenía que llegar se quedó sin médico y por eso llegó hasta aquí. Me parece que fue una suerte para ella.

—Claro que fue una suerte, porque mañana mismo me la llevo de este lugar. Ella necesita ser hospitalizada —Ada hablaba con ira contenida, y sus últimas palabras las había dicho mirando directamente a los ojos de Jorge Mario. No iba a aceptar un no por respuesta.

—Eso tenemos que hablarlo bien, para que ustedes no se vayan a meter en un problema.

—¿Problema? ¿Nosotras? ¡Esto sí que pasa la raya! Nosotras metidas en un problema porque casi le mutilan los pies a una compañera. ¡Qué irónico! ¿Sabes qué? Mejor me voy a acompañar a Lianeth. Regreso en una hora para ver nuevamente a tu hermana.

Jorge Mario intentó decir algo, pero Ada ya se encontraba calle arriba, buscando el origen de la luz palpitante del quiosco. No tardó mucho en llegar hasta allá. Lianeth se encontraba aún junto a Lopeor y cada herido tenía a alguien a su lado que se ocupaba de sus necesidades. Ya habían hecho todo lo médicamente posible por esas personas. El resto era cuestión de esperar que sus desnutridos cuerpos resistieran aquella dura prueba.

Ada llegó con expresión contrariada. Su amiga lo notó inmediatamente y se levantó del piso para salir a su encuentro.

—No te imaginas qué nos hizo hacer Nora.

—Pues cuéntame —dijo Lianeth, como si ya nada la pudiera sorprender.

—Trajimos armas para la guerrilla esta mañana.

—¿Armas? —preguntó Lianeth, incrédula.

—Bueno, municiones, balas… es lo mismo. Trajimos material bélico, si quieres decirlo de otra forma. Las cajas tenían balas; por lo menos una de ellas que pude ver ahora estaba llena de balas. ¿Te imaginas si nos hubieran revisado en el retén aquel?

—Increíble, increíble —repetía Lianeth, como si no lo pudiera creer.

—¿Qué increíble ni qué nada? Vamos ya mismo a hablar con Nora para que nos explique todo esto y nos diga dónde estamos —dijo mientras daba la vuelta y se dirigía hacia la casa hospital.

Lianeth, después de ver que Lopeor continuaba dormida, siguió a su amiga, que ya había tomado ventaja.

—Ada, cálmate, no estamos aquí en posición de exigir. Cuando lleguemos a Arauca, le dices todo lo que quieras, pero aquí no vas a ganar nada.

Lianeth seguía murmurando a dos pasos por detrás de Ada mientras esta, caminando resueltamente hacia el hospital, esquivaba los charcos que se habían formado por el riguroso invierno. Una nube de mosquitos las seguía y el calor nuevamente se había apoderado de todo el lugar. Ya casi se encontraban enfrente del lugar donde estaba Nora cuando, desde una de las casas, se escuchó una voz:

—¡Muchachas, vengan!

Lianeth y Ada se detuvieron inmediatamente. En el fondo de una de las cabañas se encontraban Corina y Miriam Yaneth. Habían pasado tantas cosas que se habían olvidado completamente de Corina. Entraron a la casa, que era como el resto: muy limpia, con piso de tierra, paredes de adobe y techo de palma, donde podían oír cómo se acomodaban los murciélagos que ya habían hecho su ronda o salían ahora a dar el respectivo paseo nocturno. Varios bombillos alumbraban perezosamente el lugar, dándole un ambiente de casi penumbra. Corina estaba tranquila; por lo menos había sonreído al ver a las médicas.

—Hola, amiguitas —nuevamente hablaba con su tono cachaco agudizado—. Si vieran que me han atendido lo más de bien… Y mírenme las piernas. Me echaron una crema toda rara y se me quitaron las ampollas esas horribles que tenía —dijo mientras hacía pucheros con la boca.

Ada se acercó a oler lo que tenía su amiga en ambas piernas. Era chimu, una fuerte mezcla de nicotina que lograban procesando la hoja de tabaco; algunos le agregaban algo de cocaína, lo que le daba además un efecto sedante.

—Y también me dieron pollito guisado, así que ya estoy lista para dormir. Yo creo que me quedo aquí mismo, pues ya conozco el lugar. Mañana nos levantamos temprano para devolvernos, ¿cierto?

—Sí, claro, por supuesto —contestaron ambas casi a coro.

—Descansa esta noche, que mañana después del desayuno nos vamos —añadió Ada, en un tono que no daba para que le hicieran más preguntas.

—Hasta mañana, Corina —dijo Lianeth, alzando la mano en señal de adiós.

—Que descansen. Ojalá no hiciera tanto calor, ¿cierto, Miriam?

—Estese tranquila, que por ahí como a las diez se va a congelar del frío.

Al salir y echar un último vistazo, pudieron ver cómo se acomodaba Corina en el catre, con trapos de todos los colores que harían de cobijas esa noche. «Pobre cachaca», pensaron ambas.

—Vamos a ver cómo le va a Nora —Ada ya estaba calmada y afortunadamente había entendido que en ese lugar no se encontraba en condiciones de exigirle explicación a nadie. Pero una cosa sí era segura: ella tenía que averiguar de qué se trataba todo aquello.

Entraron al improvisado hospital y fueron gratamente sorprendidas por la mejoría de casi todos los pacientes, en especial de Poncho. Su abdomen estaba blando, y aunque todavía drenaba un líquido seroso, al parecer la infección estaba controlada. Ya había ingerido comida de la que trajeron las indígenas y sonreía con las médicas, aunque el hedor seguía siendo insoportable en aquel lugar. Revisaron a todos los pacientes y salieron lo más rápido posible. Ya afuera, suspiraron profundamente para cambiar de aire.

—Las invito a comer algo.

Las tres dirigieron sus miradas hacia el origen de aquella voz. Jorge Mario se encontraba tranquilo. Irama no había vuelto a sangrar ni a sentir dolor, así que decidió buscar a sus huéspedes para ofrecerles una muy merecida comida.

* * *

Los cuatro se hallaban sentados a la mesa en la casa donde Ada había visto la caja llena de balas. Juan se encargaba de servirles carne asada y plátano en abundancia. Comían en un silencio incómodo, que fue interrumpido por Jorge Mario.

—No somos guerrilleros —dijo mirando a Ada.

Lianeth dejó de comer y miró a su amiga. Ada arqueó una ceja y le devolvió la mirada a Jorge Mario. Nora parecía decepcionada por el comentario.

—Bueno, explícanos entonces qué son ustedes —dijo Ada.

—Somos la consecuencia de muchas cosas —le contestó Jorge Mario, mientras retiraba su plato—. Pero principalmente estamos aquí porque creemos que podemos cambiar las cosas. No llevamos una vida fácil.

—Sí, claro, eso se nota —replicó Ada mientras miraba a su alrededor—. Pero tampoco se la hacen fácil a la demás gente. Ustedes matan, secuestran, y eso no se justifica.

Lianeth buscaba la pierna de su amiga desesperadamente por debajo de la mesa para patearla, pero era inútil: ya Ada tenía la ceja alzada, y eso era muy mala señal. Jorge Mario, por el contrario, se encontraba calmado; parecía que esperara esa reacción, así que dejó que Ada despotricara todo lo que quiso de la justicia y el respeto a la vida. Cuando terminó, Jorge Mario cruzó las manos sobre la mesa y tomó la palabra.

—Cuando tenía catorce años, unos cuatreros mataron a mis padres —Jorge Mario capturó enseguida la atención de sus tres invitadas—. Yo quedé con Irama, que para ese entonces tenía solo diez. Nos fuimos a vivir con unos parientes a Tame, un municipio cerca de Arauca, donde se oía hablar de un grupo de personas que hacían respetar la ley por encima de lo que fuera; esa era la guerrilla. Al principio se acabaron los ladrones y todo el mundo pagaba sus deudas. Todos los jóvenes de esa época sentíamos admiración por aquellos osados hombres que se atrevían a desafiar a la ley en favor del pueblo, así que, apenas tuve la oportunidad, me enlisté con ellos y me fui a vivir al monte. Cada día entraba gente nueva al movimiento. Los más jóvenes éramos enviados a colegios y algunos hasta fueron a la universidad para prepararse intelectualmente, con la idea de que algún día se podría llegar al poder con el apoyo de las personas a quienes en ese entonces ayudábamos. Algunos tenían ideas muy particulares de recoger fondos para subsistir, así que íbamos donde los grandes hacendados para pedirles ayuda con lo que pudieran colaborar. Todos se mostraban dispuestos y nos ofrecían comida y techo. A casi todos nos bastaba con la satisfacción de estar construyendo un nuevo país; no teníamos pretensiones económicas.

Nora jamás lo había oído hablar de su vida personal. Por lo general era un hombre más bien callado, pero esa noche sentía la necesidad de justificarse y explicar por qué actuaba de esa manera.

—Pero entonces el Gobierno nos enfrentó y tocó defendernos como pudimos. Allí fue donde empezó a disgregarse la organización. Unos decidieron desertar y otros, emprender una lucha encarnizada, más por el poder que por algún ideal en particular. Empezamos a recibir ayuda de quien estuviera dispuesto a ofrecerla; en esa época el mayor poder económico lo tenía el narcotráfico. El resto... es historia patria.

»A los dos años de haberme ido, regresé por Irama. El padre del niño que lleva en su vientre fue descuartizado hace un mes. Nos mandaron el cuerpo en dos cajas de cartón. Yo no dejé que ella lo viera. Desde entonces, no habla casi con nadie. Vive con las indígenas, que tienen una guarnición a pocos kilómetros de aquí.

—O sea, ¿que el ejército sabe que estamos aquí? —preguntó Lianeth.

—Todos saben que están aquí —contestó Jorge Mario sonriendo—. Este lugar no es ningún secreto.

—Bueno, y si la guerrilla es tan mala, ¿qué haces aquí con ellos? Y no me digas que todos los uniformados que vimos son de las fuerzas especiales del ejército —continuó diciendo Ada incisivamente.

—La guerrilla ya no existe.

Las tres se miraron perplejas. Ahora sí que ninguna entendía lo que este hombre les quería decir.

Jorge Mario continuó explicándoles:

—Cuando comenzaron los enfrentamientos con el ejército, ya no importaba cuál era el motivo que nos hacía vivir en el monte; creo que hasta lo habíamos olvidado, tratando de demostrar que el Gobierno era corrupto e incapaz de controlar al país. Ese fue un grave error. Los que ingresaban en ese entonces a nuestras filas no lo hacían por convicción ideológica, ni siquiera sabían por qué lo hacían. Así surgieron los diferentes frentes subversivos. Cada cual quería ser el líder y apoderarse de alguna zona geográfica específica, y la violencia era el método que se usaba para imponerse. Como ya no había una verdadera identidad ideológica, a las diferentes organizaciones no les importaba quién entrara, bastaba cualquiera que estuviera dispuesto a empuñar un fusil a cambio de un plato de comida para él y para su familia. Así que el hambre y las promesas de que algún día todo cambiaría hicieron que muchos se enlistaran… Unos años después ya eran un gran ejército con el poder suficiente para que el Gobierno les prestara atención, pero para entonces, los que fundaron el movimiento habían sido relevados de sus cargos porque pretendían que los que hoy se hacen llamar guerrilla negociaran pacíficamente los cambios que ellos querían para el país, así que la violencia se convirtió en un modo más de ganarse la vida. Por eso es que les digo que la guerrilla ya no existe. Hoy en día son delincuentes comunes que se escudan en una posición que el propio Gobierno torpemente les ha dado, pero que en realidad, si firmaran la paz, no tendrían razón para existir, así que es mejor continuar en guerra y seguir llevando esto hasta las últimas consecuencias. Nada asusta más al ser humano que el cambio.

—Entonces, ¿ustedes qué hacen aquí? —preguntó Lianeth.

—Ellos tienen que tener un lado amable —dijo con una sonrisa Jorge Mario—. Podría decir que somos el enlace entre lo perverso y lo humano de esta situación. Aquí tratamos de mediar los conflictos que surgen entre ellos mismos. Muchas veces no estamos de acuerdo con los manejos que se le dan a los recursos, entonces aquí se pactan las reuniones con los políticos, para establecer acuerdos y que el pueblo salga favorecido. No les puedo decir que no hay corrupción, ni mucho menos, pero estando aquí al menos podemos hacer algo para que las cosas sean menos injustas.

El semblante de Ada había cambiado por completo. Lo que había dicho Jorge Mario no la convencía pero, por lo menos, tenía claro el motivo de por qué permanecía allí. ¿Cuántos colombianos estarían dispuestos a eso? Seguramente muy pocos, y ella no se contaba entre ellos. Consideraba que había otra manera de resolver las cosas pero, como le había dicho antes Jorge Mario, la guerra solo la lucha el que ha sido tocado por ella.

Después del recuento histórico de Jorge Mario, Juan entró con varias tazas de café recién hecho. Lianeth, que ya sentía el agotamiento físico, tomó un par de sorbos y decidió retirarse a descansar. Dormiría en el quiosco junto a Lopeor.

—Yo la acompaño —dijo Nora.

Ambas miraron a Ada esperando que ella dijera lo mismo, pero no fue así.

—Adelántense, que yo quiero ver cómo va Irama, y enseguida estoy con ustedes.

Lianeth y Nora se miraron y se encogieron de hombros. Jorge Mario les prometió que él mismo la acompañaría después hasta el quiosco. Ada entró al cuarto donde Irama se encontraba dormida. La joven que la atendía estaba sentada junto a su catre; debía estimarla mucho, porque no se había movido de allí ni un instante y se encargaba de abanicarla constantemente. Sonriendo, le dijo a Ada que Irama había tomado un poco de caldo y se había quedado dormida. Decidió no despertarla, así que salió de la habitación dispuesta a emprender el camino al quiosco.

Jorge Mario la estaba esperando para acompañarla como había prometido, pero no sería al quiosco donde la llevaría.

—Quiero mostrarte algo antes de que te vayas a descansar.

Ada no supo qué responder. Por un lado, deseaba intensamente estar con este extraño y enigmático ser pero, por otro, no le veía sentido a involucrarse con alguien que lo más probable era que no volvería a ver nunca más. Ciertamente, lo que sentía por Jorge Mario la inquietaba lo suficiente como para decidir acompañarlo a donde él quisiera, pero... ¿a dónde quería llevarla?

12

El cielo estaba despejado y miles de estrellas ofrecían su luz para iluminar tenuemente la inmensidad. La suave brisa que empezaba a correr traía olor a tierra húmeda, y el murmullo de los animales nocturnos hacía parecer que la vida transcurría sin problemas en aquel lugar.

Jorge Mario había llevado a su invitada a un paraje no muy lejos del improvisado pueblo. Era una loma más o menos elevada que ofrecía una vista estratégica de todo el lugar. Ada identificó a lo lejos el quiosco, la callecita que había recorrido tantas veces aquel día y, un poco más lejos, el improvisado hospital. Jorge Mario le señaló la casa donde se encontraba Irama y la vivienda de la indígena donde se hospedaba Corina.

—Parece un pesebre, tu pueblo —dijo Ada sin disimular lo gratamente impresionada que se sentía.

—Es el hogar de todos los que estamos aquí —dijo él, sin dejar de mirar con nostalgia todo el lugar.

—¿Tú crees que algún día todo eso se termine? —le preguntó Ada como indagando por los planes futuros de aquel hombre, que ya irremediablemente la había cautivado.

—No sé —respondió casi sin pensar—. No me imagino otra vida diferente, aunque sí la deseo; a veces pienso en tener un hogar con hijos y una mujer, pero ¿qué mundo les puedo ofrecer? Si no solo es en este lugar, la injusticia está en todas partes, hacia donde tú mires.

Para Ada, ese era, sin duda, un pensamiento muy pesimista que afortunadamente ella no compartía; pero entendió que Jorge Mario sentía y pensaba de acuerdo a su propia experiencia de vida y, por un instante, sintió el deseo incontrolable de acunar a ese enorme hombre entre sus brazos. ¿Qué estaba haciendo? Su mano se dirigió a la de Jorge Mario, que la recibió con ansiedad. Se miraron por unos segundos, y sus bocas se acercaron lentamente, como queriendo grabar el recorrido que hacían antes de unirse en un beso silencioso y profundo. Jorge Mario le soltó suavemente su mano para abrazar aquel frágil cuerpo de mujer, que al parecer sentía la misma necesidad de aferrarse a él.

Se miraron nuevamente y supieron que nada detendría aquel instante. Las manos de Jorge Mario recorrieron lentamente el cuerpo de Ada, mientras ambos dejaban caer su ropa al piso. Ella, con sus besos, descubrió nuevas sensaciones que la llevaron a disfrutar sin medida aquel extraño momento. Se encontraban desnudos, y las caricias dejaron de ser lentas para convertirse en una angustiosa búsqueda. Jorge Mario se detuvo entre las piernas de Ada; la humedad de su sexo mostraba cuánto deseaba a aquel hombre. Ella quería poseerlo y sentirse poseída por él. Besaron sus cuerpos, sintiendo que cada beso borraba el pasado de ambos. No hubo más preámbulos. Jorge Mario ya estaba dentro de Ada y esta sintió la necesidad de moverse. Sus caderas marcaron el ritmo, y mientras Jorge Mario tocaba con firmeza los pezones de Ada, ambos llegaron a un orgasmo lento y profundo.

La noche y las estrellas fueron testigos de la entrega sin reservas que se produjo entre estos dos seres. Se amaron hasta el cansancio sobre la hierba húmeda, sin promesas ni "te quieros", solo con la convicción absoluta de estar viviendo un momento que quedaría para siempre grabado en sus corazones y que, en cierta forma, los uniría.

Las estrellas se apagaron lentamente y pinceladas de violeta empezaron a surgir desde el horizonte, anunciando el amanecer. Ada quedó sorprendida de lo rápido que había pasado el tiempo y lentamente retiró el brazo de Jorge Mario de su cuerpo. Se habían quedado dormidos entrelazados, como protegiéndose el uno al otro, pero el nuevo día dio por terminado aquel encuentro que todavía les tenía asombrados.

Jorge Mario se levantó y extendió su mano para ayudar a Ada a ponerse de pie. Cuando quedó junto a él se abrazaron, sin entender si se estaban despidiendo, o iniciando una relación. Ambos tenían un torbellino de sensaciones e ideas en la cabeza: pertenecían a dos mundos geográfica e ideológicamente diferentes y, sin embargo, algo hacía que la atracción que sentían el uno por el otro fuera más allá de lo físico.

* * *

Lianeth y Nora despertaron a tiempo para administrar los medicamentos a los sobrevivientes. Se encargaron de enseñarle cuidadosamente al familiar de cada paciente cómo y cuándo debían darle los medicamentos a los heridos, pues las dos estaban seguras de que ese día regresarían a Arauca. No hablaron sobre la ausencia de Ada. Lianeth sabía que nada malo podía haberle pasado, pero sí le preocupaba la idea de que Ada pudiera estar tomándose muy a pecho las cosas. En fin, el tiempo lo diría.

Lopeor había amanecido sin fiebre pero muy adolorida, así que Lianeth le ofreció agua y la acomodó lo mejor que pudo. En eso apareció Juan, entusiasmado por haber preparado un excelente desayuno para las doctoras. Con orgullo, invitó a Lianeth y a Nora a que lo siguieran para poder atenderlas como se merecían. Se sentían sucias y despeinadas y deseaban un buen baño y una cama donde descansar (las dos luchaban contra el dolor de espalda por haber dormido en pleno piso), pero sabían que por el momento no podían pretenderlo.

Llegaron a la casa donde habían dejado a Irama la noche anterior. Durante el corto recorrido, Lianeth miraba para todos lados buscando afanosamente a su amiga; ya le comenzaba a preocupar que no apareciera por ninguna parte. Juan, que sabía más de lo que aparentaba, se agarró nerviosamente la punta de su sombrero, como lo hacía siempre que iba a dirigirse a las doctoras, y le dijo a Lianeth que la otra doctora estaba en el hospital con su patrón. Lianeth agradeció la información y preguntó por Irama. La indígena que cuidaba de ella se asomó por la cortina que hacía de puerta y le hizo señas a Lianeth para que entrara, mientras Nora se disponía a disfrutar de un verdadero desayuno llanero que incluía carne, plátano y sopa.

Irama estaba en muy buenas condiciones. Al entrar Lianeth a la habitación, por primera vez aquella mujer dejó ver una sonrisa en su rostro.

—Gracias —dijo mientras se llevaba las manos a su abdomen—. Ya sé que no voy a perder a mi hijo.

—No tan rápido —le dijo cautelosamente Lianeth—. Tienes que cuidarte y hacerte algunos exámenes para saber con seguridad que tu hijo está bien. Y lo más importante es que te olvides de montar a caballo —enfatizó, señalándola con el dedo.

Irama sonrió de nuevo. Se veía muy diferente a la noche anterior. El color había vuelto a sus mejillas y el sangrado se había detenido por completo. Estaba bañada y había recibido alimentos, lo cual era un buen síntoma. Además no había vuelto a sentir dolores, así que el tratamiento con el aguardiente había hecho su efecto.

—Ya no tienes que tomar más esto —dijo Lianeth, mientras quitaba la botella de una improvisada mesa de noche armada con canastas de gaseosa vacías. Le tomó los signos vitales y se aseguró de que todo estuviera tan bien como parecía. Efectivamente, Irama y su bebé estaban por ahora fuera de peligro, pero le explicó que debería guardar cama por varios días más.

Irama asintió con la mirada. Por primera vez, Lianeth pudo observar cuánta dulzura había en esos ojos. Ya no era la mujer altiva que la había traído por la fuerza hasta este lugar, sino una madre más preocupada por la salud de su hijo que por la propia.

Se escucharon voces afuera y Lianeth alzó la mano en señal de despedida. Irama hizo lo mismo y cerró los ojos para dormir otro rato más. La indígena se sentó nuevamente a su lado y Lianeth salió del cuarto a ver qué sucedía.

Corina y Miriam habían llegado también a desayunar. Corina estaba contenta: Miriam se había encargado de contarle la vida de los que trabajaban en la alcaldía de Arauca y eso había hecho que el tiempo pasara rápido y divertidamente.

—¿Y Ada? —preguntaron.

—Está revisando los pacientes del hospital —contestó rápidamente Lianeth—. No debe demorar.

El comentario les pareció normal, así que se sentaron entusiasmadas a devorar todo cuanto pudieran. Lianeth se tomó un tinto y esperó a que Nora terminara para ir en busca de Ada, no sin antes ir al baño y por lo menos lavarse la cara. Nora hizo lo mismo y se despidieron, no sin antes encargar a Miriam que organizara las cosas para regresar al sitio de la brigada.

—¿Y acaso qué voy a organizar? Si no nos dejaron traer nada para acá —dijo mirando a Corina, mientras Nora y Lianeth ya habían salido hacia el hospital.

* * *

Efectivamente, Ada ya se había encargado de curar a la mayoría de los enfermos que quedaban. Poncho saludó a Nora con especial afecto. Aunque no estaba fuera de peligro, todas consideraban un éxito que el muchacho aún estuviera con vida.

Jorge Mario levantó su mano en señal de saludo y salió de aquel lugar sin decir palabra. Lianeth y Nora interrogaron con la mirada a Ada, sin atreverse a formular verbalmente ninguna pregunta, pero esta se limitó a decir:

—Nos vamos hoy para Arauca, ya aquí acabamos lo que teníamos que hacer —terminó de dar algunas instrucciones a las indígenas que habían hecho guardia por turnos durante toda la noche y, mirando de nuevo a sus dos compañeras, dijo—: Bueno, ya de aquí podemos irnos.

Ada mantuvo una actitud distante durante el trayecto hasta el quiosco. Lianeth pensó que podría ser por la presencia de Nora, así que se limitaron a comentar sobre el estado de Lopeor y lo bien que había amanecido Irama. El resto del camino lo hicieron en medio de un incómodo silencio.

Lopeor sonrió al ver a sus queridas amigas nuevamente. Ya entraba la mañana, y las moscas decidieron hacer su ronda matutina posándose sobre todo aquel que no pudiera moverse. El calor hacía que los olores fueran más penetrantes y las heridas mostraran secreciones de todos los colores. Ambas médicas recorrieron con la mirada todo el lugar. Jamás olvidarían esas caras, ese paisaje… cuánto dolor…

Lianeth le retiró los líquidos intravenosos y le aplicó un poco de morfina, para que soportara el largo viaje que le esperaba. A continuación, les hizo señas a dos llaneros que se encontraban cerca y entre ambos se dispusieron a levantar a Lopeor.

—Nos vamos, Ime, aguanta un poquito —le dijo Lianeth mientras los llaneros cargaban delicadamente a su amiga. Unos cuantos quejidos quedaron atrapados en la boca de Lopeor.

Jorge Mario se encontraba junto a Miriam y Corina en la puerta de la casa de Irama. Había organizado una cuadrilla de diez personas y una improvisada camilla para transportar a Lopeor. Aunque Ada estaba decidida a llevarse a su amiga como fuera, sintió alivio al ver que no tendría que discutirlo con Jorge Mario para lograrlo. El encuentro fue breve. Jorge Mario les daba instrucciones a sus hombres, mientras Lopeor era acomodada en la camilla. El grupo estaba listo para partir.

Las médicas intentaron entrar a la casa para despedirse de Irama, pero Jorge Mario se interpuso.

—Irama está dormida. No se preocupen, ella va a estar bien. Y gracias por todo.

El ambiente se notaba tenso. Jorge Mario estaba distante, lo cual tenía a Ada desconcertada. Si bien era cierto que lo que habían vivido la noche anterior fue a sabiendas de que podría ser tan solo cosa de un momento, no entendía por qué tenía aquella actitud tan extraña.

Nora se despidió de todos, como si se tratara del final de alguna fiesta; repartió besos y abrazos y prometió que pronto volvería. En cambio, Corina, Miriam, Lianeth y Ada se miraron entre sí, pensando que con ellas no sería así. Una última mirada entre Ada y Jorge Mario determinó la partida definitiva. Ambos guardaron silencio, pero sus miradas bastaron para que Ada supiera que lo volvería a ver.

Iniciaron el regreso lentamente. Cuatro hombres cargaban a Lopeor, a quien llevaban en una improvisada camilla hecha con dos palos largos y una sábana gastada que habían asegurado con clavos. Las médicas se turnaban para protegerla del sol con un sombrero que amablemente les había ofrecido uno de los llaneros. No llevaban armas, ni pañuelos con insignias; parecían trabajadores de cualquier finca, llevando a algún enfermo a otro lugar…

Así, lentamente, fueron dejando atrás aquel pueblo sin nombre, impregnado de dolor y muerte.

13

María Alejandra estaba preocupada por la suerte de sus amigas, así que, a mitad de la tarde, decidió ir a la casa donde Rosaura Cisneros se había trasteado para averiguar qué sucedía. Para ese entonces, la señora Rosaura ya sabía que sus inquilinas habían iniciado el regreso, y que además traían una compañera herida. Rosaura conocía la cercanía que existía entre las médicas y aquella enorme mujer, así que la tranquilizó explicándole que la demora había sido por falla en el transporte y que precisamente en ese momento salía para el río a recibirlas.

—Camine si quiere y me acompaña, que esas no deben demorar —dijo, cartera en mano.

Ambas abordaron un taxi y, como era costumbre en Arauca, a los diez minutos llegaron al lugar donde desembarcaría la brigada de salud. María Alejandra se sorprendió al ver los personajes que se encontraban en aquel lugar: el doctor Germán, el famoso Rogelio Campuzano y una ambulancia del hospital lista para recibir a las médicas.

—Tranquila, que la ambulancia no es para ellas —dijo Rosaura al ver la cara de preocupación de María Alejandra—. Parece que por allá se encontraron con una amiga que está delicada de salud, así que decidieron traérsela.

María Alejandra no contestó. Sabía que todo ese despliegue no lo hacían por cualquier persona. Además, cuando aparece un herido, la policía siempre está allí para reportar si se trata de un hecho de violencia o algo parecido; pero ese día no había ningún uniformado cerca.

El doctor Germán y Rogelio se acercaron a saludar. María Alejandra era bien conocida por ambos —no en vano tenía el mejor restaurante de la ciudad—, y en varias ocasiones había sido contratada por Rogelio para satisfacer el apetito de los invitados a sus parrandos.

El río estaba calmado y no había llovido, así que pudieron llegar hasta la orilla sin problemas. A los pocos minutos se oyeron los motores de dos voladoras que cruzaban las aguas dejando tras ellas una estela de espuma blanca.

—¡Llegaron las muchachas! —dijo Rosaura con una sonrisa en sus labios.

El aspecto de todos los ocupantes era lamentable. En una de las voladoras venían Lianeth, Ada, Nora y Lopeor, todas sucias y despeinadas. Gervasio, que se había encargado de recogerlas, maniobró magistralmente hasta lograr que la pequeña embarcación quedara justo en la orilla del río.

Detrás, en la otra embarcación, venían Corina, Miriam, Antonio y dos de los trabajadores enviados por Jorge Mario desde aquel lugar; tenían la misión de entregar personalmente al equipo médico en manos del doctor Germán, y así lo hicieron. Desembarcaron primero y saludaron a Rogelio y al doctor Germán llamándolos "patrones", e inmediatamente se dispusieron a ayudar a bajar a Lopeor.

Las médicas también desembarcaron, sin importarles que el agua del río les llegara hasta las rodillas. Cargaron sus morrales y se prepararon para asistir a su compañera. La ambulancia se acercó lo más que pudo a la orilla del río, mientras dos enfermeros se ocupaban de bajar la camilla de la ambulancia para recibir a Lopeor.

La señora Rosaura saludó a sus inquilinas y sintió alivio al verlas a salvo. Estas le devolvieron el saludo entusiasmadas y cada una le entregó el morral que había llevado para la brigada. Ninguna de las dos estaba dispuesta a dejar que Lopeor se fuera sola hacia el hospital. Los enfermeros miraron al doctor Germán y este, asintiendo con la cabeza, aprobó que ambas médicas, con el barro del río hasta la rodilla, viajaran en la ambulancia junto a su amiga. Saludaron a María Alejandra con un fuerte abrazo.

—Nos vemos esta noche en El Encuentro —le dijo Ada.

—Nada de eso —contestó María Alejandra—. Yo las acompaño al hospital. Allá nos vemos —les dijo mientras se dirigía a la orilla de la carretera para detener un taxi.

La caravana avanzó, y la ambulancia sin sirena y el taxi con María Alejandra iniciaron el camino al hospital.

Mientras tanto, en la orilla del río, Nora le daba los pormenores de lo sucedido en la brigada a Germán y a Rogelio. Rosaura Cisneros la miraba recelosamente y, con un morral colgado en cada hombro como una colegiala, se despidió de todos. «Al fin y al cabo, Rogelio ha cumplido. Mis muchachas están sanas y salvas», pensaba mientras se alejaba del lugar.

Germán la detuvo y se ofreció a llevarla hasta su casa, y lo mismo le ofreció a Corina, que aún no había mencionado ni media palabra... hasta que se encontró acomodada en el asiento trasero del carro del doctor Germán, cuando Rosaura le preguntó:

—¿Y cómo le fue por allá?

Corina observó a Germán y se echó a llorar.

—Yo me quiero devolver para Bogotá... Yo me quiero devolver para Bogotá... —Era todo lo que decía.

Germán sabía que dejarla ir en esas condiciones era asegurar una fuente de información que no le convenía a nadie. Rosaura también entendió lo mismo, así que, haciendo uso de la sabiduría de mujer que ha vivido más de una vida, trató de entablar conversación con Corina:

—Tranquila, mijita. ¿Usted dónde se baja? —le preguntó.

Corina le indicó el sitio y Rosaura ubicó enseguida el lugar. Se trataba de Hortensia Ataya, una viuda aburrida que pasaba los días frente al televisor, sin importarle que su casa se cayera de mugre.

—¡Pues claro que tiene que querer irse para su tierra! —dijo Rosaura con tono de burla—. ¡Si está metida en medio de puros vejestorios! Camine y yo le armo un cuarto en mi casa. De todos modos, hoy no se puede devolver y el próximo vuelo es como en cuatro días.

Germán la tranquilizó y la animó para que aceptara la propuesta de Rosaura. Además, viviría en el mismo sitio que sus compañeras de trabajo.

A Corina le cambió el semblante y aceptó el ofrecimiento de la señora Rosaura, aunque más por resignación que por convicción. Germán se encargó inmediatamente de llevarla hasta su casa para recoger sus pertenencias.

—Ni se bañe, que aquí deben salir cucarachas por la regadera —le decía Rosaura mientras Corina se bajaba del carro para comunicarle a la señora Ataya que ese sería su último día como inquilina en su casa.

En diez minutos, Corina regresó con sus pertenencias, y Germán se bajó del carro para ayudarla a acomodar su equipaje en el baúl. Entretanto, Hortensia miraba desconcertada cómo sus ingresos mensuales disminuían sin previo aviso y Rosaura levantaba la mano para decirle adiós a su vieja conocida.

Corina quedaría por cuenta de Rosaura Cisneros durante el período de su rural. Eso tranquilizó al doctor Germán.

La nueva casa quedaba a solo media cuadra de El Encuentro. Rosaura había acomodado a sus tres hijos en un solo cuarto para que Lianeth y Ada mantuvieran las mismas condiciones de vivienda que en la casa anterior: cada una en su cuarto. Corina, por su parte, gustosamente aceptó compartir el cuarto con la señora Rosaura. Sin darse cuenta, la había adoptado como madre, papel que a la casera no le disgustaba en lo más mínimo.

Durante la ausencia de sus inquilinas, había aprovechado para realizar la mudanza y organizarles las habitaciones lo mejor posible, y aunque todavía no había terminado todo el trasteo, lo más importante ya estaba en su lugar.

* * *

Domingo, 24 de agosto de 2008

Así transcurrían los días en Arauca…

Lopeor daba muestras de mejoría. Lianeth y Ada se turnaban para acompañarla de noche en el hospital, mientras que María Alejandra se encargaba de alimentarla lo mejor posible. Rosaura Cisneros le aconsejó sabiamente que no hiciera ninguna denuncia, a pesar de que una tarde fue Medicina Legal a realizar una visita oficial. Se había filtrado información de que una paciente del hospital tenía heridas de evidentes signos de tortura, pero Lopeor se mantuvo en la versión que tantas veces había escuchado durante su penosa travesía: «Me quemé con aceite». Y eso fue todo lo que escuchó el decepcionado médico de Medicina Legal.

Corina y la señora Rosaura se convirtieron en compañeras inseparables. En las tardes, después del horario de trabajo, Corina acompañaba a Rosaura en sus quehaceres políticos, pues ya se acercaba el día de las elecciones.

Era domingo, y ese día habían decidido ir a misa para agradecer por todo lo que hubiera que agradecer y, además, hacer las peticiones de rigor al Supremo. La misa era a las cinco de la tarde, así que Ada y Lianeth tenían tiempo suficiente para llevar a Lopeor al aeropuerto.

Su familia había llegado varios días antes para hacerse cargo de todo, pero sus amigas se habían mantenido al frente en las cuestiones relacionadas con el tratamiento y los cuidados en el hospital. Lopeor se había convertido en una mujer callada; solo contestaba lo necesario y permanecía con los ojos cerrados casi todo el tiempo. Lianeth y Ada sabían que era una manera de decir que no quería hablar con nadie. Como todavía no podía apoyar los pies, fue transportada en una silla de ruedas hasta el aeropuerto de Arauca. El único vuelo de ese día la llevaría con su familia hasta Bogotá, y de allí tomarían una conexión a Cartagena. La despedida fue tan triste como lo ameritaba la situación.

Lopeor no se volvió a comunicar con sus amigas, y pese a que algunas veces llamaron a Cartagena para averiguar de su vida, nunca pasó al teléfono. Pero de algo estaban seguras: lo que le sucedió había dejado huellas imborrables en ella, así que esperarían el tiempo necesario hasta que Lopeor estuviera lista. Una de las cosas que harían al terminar el rural sería ir a Cartagena a visitarla.

Ambas hicieron esa promesa mientras observaban cómo despegaba el pequeño avión que llevaba a su amiga lejos de todo aquel extraño mundo que ellas estaban conociendo...

Rosaura Cisneros ya estaba lista con su vestido de domingo para ir a la iglesia. Corina se apresuraba en arreglarse lo mejor posible. Ya estaba un poco más aclimatada y varios ungüentos recomendados por la señora Rosaura habían hecho que su piel se volviera extrañamente resistente a las picadas de mosquito.

Lianeth y Ada no estaban muy entusiasmadas con la idea de la misa después de volver del aeropuerto, pero sintieron que era algo importante para su casera, así que se dispusieron a vestirse adecuadamente.

La iglesia donde se celebraría la misa quedaba en el barrio Miramar, justo a dos casas del centro de salud donde ellas trabajaban. Mientras se acercaban, Lianeth recordó que el primer día de trabajo, a eso de las cinco de la tarde, sintió que algo caía justo encima del techo de su consultorio. Al principio creyó que se trataba de un mango o alguna fruta que se desprendía de los enormes árboles que rodeaban la casa, pero a ese ruido le seguía un sonido más extraño aún, como si algo se arrastrara a toda prisa. Y, después de unos minutos de silencio, se escuchaba un megáfono con disfonía que se empeñaba en que el barrio entero escuchara canciones tan variadas, que su repertorio incluía baladas de Elio Roca y *rock* en español de Los Aterciopelados. La misma secuencia se repitió al día siguiente, y al otro, y al otro... Lianeth sentía curiosidad por el sincronismo con que se desarrollaban ambos acontecimientos.

Una tarde, llevada por la curiosidad, esperó fuera del consultorio para observar el origen de tan singular sonido. Una enorme iguana de más de un metro de largo, que hacía el curso para convertirse en dinosaurio, brincaba torpemente desde la rama más baja del árbol que daba sombra al techo del consultorio de Lianeth, se detenía por unos segundos, miraba hacia ambos lados y emprendía una rápida huida hacia el sembrado de caña de azúcar. Ya estaba resuelto un misterio. La iguana cada tarde se encargaba de anunciarle a Lianeth que, en un par minutos, el disfónico megáfono haría lo suyo: tres o cuatro canciones que hacían que los vecinos del lugar iniciaran la caminata hacia la iglesia del barrio. Esa era la forma en que el padre Esteban anunciaba la misa de las cinco. Lianeth tenía que conocer al singular cura, así que una tarde se presentó en la iglesia y desde aquel día entablaron una buena amistad. Lianeth, secundada por Nora, organizó varias rifas y eventos que lograron cambiar el cansado megáfono por un buen equipo de sonido: ahora joropos, merengues y hasta algún que otro vallenato sonaban alegremente cada tarde para anunciar la misa de cinco.

El padre Esteban había llegado a Arauca hacía siete meses desde Popayán. El ímpetu de su juventud —veintisiete años— y su manera diferente de enfocar la religión lo convirtieron rápidamente en alguien popular y muy apreciado en el barrio Miramar. Como buen católico, no tenía partido político, pero Efraín era un representante independiente, y su afinidad por la fe en Dios y el hecho de conocerse desde mucho antes hacían que el padre Esteban, gustosamente, bendijera cenas y realizara oficios para Efraín. Ese era el último domingo antes de las elecciones, así que el candidato asistiría con toda su comitiva a la misa de su buen amigo.

—Nadie me entra ni un arma a la iglesia —habían sido las palabras del político antes de embarcarse con su esposa y sus dos hijos en el carro blindado que le había ofrecido la alcaldía para su seguridad.

El taxi que llevaba a Rosaura Cisneros, a sus tres inquilinas y a su pequeña hija Lina María —que aún no tenía edad suficiente para rechazar una misa de domingo— arribó justo cuando sonaba la última canción que rutinariamente anunciaba la misa. Lianeth pensó que la iguana debía de estar hacía rato en el sembrado de caña de azúcar, haciendo quién sabe qué. Sus pensamientos fueron interrumpidos por un grupo de hombres fuertemente armados que se acercaron al taxi, lo rodearon y se apresuraron a abrir las puertas para que la señora Rosaura Cisneros y sus acompañantes se bajaran y ocuparan un lugar cercano a Efraín en la ceremonia.

En la primera fila se encontraba Efraín y su familia. La señora Rosaura lucía orgullosa cada vez que el padre Esteban exaltaba el desinterés de las personas cercanas al candidato. La iglesia estaba repleta. Caras conocidas, y otras no tanto, formaban parte de un ambiente agradable. El sermón del día estaba dirigido a concienciar a todos los ciudadanos de lo importante que era elegir a su representante sin presiones y confiar en que las cosas, "con ayuda del Señor", cambiarían.

El momento más emotivo fue el "daos fraternalmente la paz". Niños salidos de todas partes se acercaban al candidato para recibir un beso, y algunos tenían la suerte de ser cargados. Efraín se veía feliz. Varios hombres también se acercaron a darle la paz.

El sonido de un disparo dispersó instintivamente a la pequeña multitud que rodeaba al candidato. Efraín estaba lívido, con las manos en su estómago para detener la enorme hemorragia. Lentamente se arrodilló; sus ojos estaban vidriosos y de su cara había sido borrada toda expresión. Un delgado hilo de sangre se asomó por la boca del candidato, anunciando una muerte segura. En menos de cinco segundos, la iglesia estaba vacía. Sus hijos, gritando desesperadamente, corrieron hacia el cuerpo ya sin vida, que había caído vencido cerca del altar. Su esposa se encontraba paralizada por el miedo y Rosaura Cisneros se encargaba de dar las órdenes a los guardaespaldas, tratándolos de tarados, para que persiguieran a quien había cometido semejante sacrilegio. Lianeth y Ada se acercaron al cuerpo para constatar lo que era evidente: Efraín había muerto. Buscaron la mirada de la señora Rosaura para saber qué hacer, pero se encontraron con Corina, que las miraba sin poder decir ni una palabra. Nuevamente aquel sudor frío brotaba en su frente. Nuevamente, Corina se desmayó.

* * *

La noticia se difundió rápidamente en Arauca y especulaciones de todo tipo rodearon la muerte de Efraín. El alcalde declaró día cívico, y los demás candidatos aprovecharon la ocasión para obtener algo de popularidad solidarizándose con el dolor de la joven viuda y sus pequeños hijos.

—Trabajo limpio, como le prometimos —dijo uno de los cuatro hombres que habían sido contratados para realizar el crimen. Una mueca de satisfacción se dibujó en su cara cuando recibió el dinero.

—¿Y el resto? —preguntó a quien le estaba pagando su trabajo.

—Ese lo reciben mañana directamente del patrón, que les tiene otro trabajo.

Entusiasmados, repartieron equitativamente el pequeño botín mientras escuchaban atentamente dónde sería la cita para entregarles el resto del dinero.

Misteriosamente, a los pocos días, tres cadáveres que no pudieron ser identificados, porque estaban sin manos, sin cara y sin dientes, fueron encontrados en una vereda cercana a Arauca. La salvaje muerte se atribuyó a venganzas entre pandillas "que no existen en Arauca", y así cerraron el caso.

Lunes, 1 de diciembre de 2008

En contra de las palabras de la señora Rosaura, el tiempo empezó a transcurrir lentamente en Arauca. Las lluvias se habían ido, y una tenue y constante brisa se encargaba de desprender las pocas hojas secas que aún se aferraban a los árboles. El sol era el único protagonista de un cielo inmensamente azul y el verde, que antes estaba por todas partes, fue reemplazado por hierba seca. La tierra mostraba su sed en cada grieta y los pájaros, que se encargaban de darle la bienvenida a cada día, entraron en un extraño silencio.

Ada había regresado de Bogotá con la buena noticia de la aprobación de su visa para Brasil, así que aprovecharon que era viernes y fueron a comer a El Encuentro para contarle a María Alejandra la buena nueva. Corina, que ahora las acompañaba a todas partes, también había decidido tomarse una cerveza para celebrar con sus amigas, aunque para ella la cercanía del final del rural de las médicas era fatal.

—Yo no sé cómo voy a hacer cuando ustedes se vayan —dijo con una mezcla de nostalgia y susto.

—Tranquila, Corina, que esta es su casa y aquí puede contar conmigo para lo que sea —le dijo María Alejandra.

Lianeth y Ada asintieron y le dijeron que no podía quedar en mejores manos.

—Además, acuérdate de que eres la protegida de la señora Rosaura —dijo Ada para terminar de tranquilizarla.

Ada había cambiado mucho desde aquella brigada. Se había convertido en una mujer más bien callada y ya no le sacaba chiste a todo. Jamás comentó nada de lo que ocurrió la noche que pasó lejos con Jorge Mario, a pesar de que Lianeth le insistió en más de una ocasión. La relación con Jesús también había cambiado: aunque se llamaban con frecuencia, Ada no mostraba el mismo entusiasmo que al principio. María Alejandra y Lianeth habían comentado varias veces sobre eso, pero Ada esquivaba el tema enfáticamente. Y esa noche les anunció a sus amigas que había algunos cambios en sus planes. Ya no quería partir inmediatamente para Brasil. Había decidido estar un tiempo en su casa y quizá trabajar otros seis meses, para irse con más dinero. Faltaban quince días escasos para que finalizara el rural de ambas, y la verdad era que no habían ahorrado mucho.

Estaban decidiendo qué iban a cenar esa noche, cuando una inesperada visita apareció de la nada.

Nora, acompañada de varios hombres que trabajaban para Rogelio Campuzano, se encontraba en la puerta de El Encuentro. Mientras avanzaba hasta la mesa donde estaban las cuatro amigas, los hombres se quedaron en la puerta mirando lo que sucedía.

—Buenas noches —dijo, al tiempo que acercaba una silla de la mesa contigua y se sentaba.

Todas contestaron el buenas noches, pero en la mente de cada una estaba la pregunta: «¿Qué querrá esta mujer?».

—Me mandaron a buscarla —dijo Nora mirando a Ada.

—¿Quién? —contestaron todas a un tiempo.

Nora las miró, y después miró a Ada, como pensando si debía decir lo que tenía que decir delante de las demás.

Después de aquella brigada al pueblo sin nombre hubo muchas otras, incluso a sitios más lejanos, dirigidas a comunidades indígenas o a gente que jamás tendría acceso a medicamentos de no ser por el empeño de Nora y la colaboración de la alcaldía. Y cada vez que regresaban de una de ellas, los comentarios iban y venían por aproximadamente una semana, refiriendo las anécdotas de lo que les había sucedido… Pero la primera brigada quedó en el silencio de cada una, sin que nadie les dijera nada; jamás se hizo ningún comentario, ni siquiera entre ellas. Solamente María Alejandra estaba enterada de todos los detalles.

Nora evaluó la situación en fracciones de segundo y decidió hablar.

—Se metieron los paramilitares por allá y hay gente herida —dijo Nora mirando a Ada.

El corazón de Ada se agitó. La imagen de Jorge Mario herido la llenó de angustia.

—¿Quiénes? —preguntó sin poder ocultar sus sentimientos.

—Hay varios heridos —contestó Nora con exagerada lentitud—. Jorge Mario me pidió el favor de que le preguntara a usted si podía ir.

Ada se puso de pie inmediatamente.

—¿Adónde hay que ir? —preguntó.

—Ella no va sola —dijo Lianeth decidida.

Corina se llevó ambas manos a la boca y no pronunció ni una palabra.

María Alejandra estaba seria, escuchando todo. Conocía a Jorge Mario de mucho tiempo atrás y sabía las razones por las que él y su hermana se habían ido para el monte. Alguna vez se lo había encontrado en casa de Rogelio y entendía por qué Ada estaba tan involucrada: sin duda Jorge Mario era un hombre muy especial.

—Yo también las acompaño —dijo María Alejandra.

Las miradas de todas estaban fijas en Nora. Ella no vio problema alguno: total, era mejor dos médicas que una, y María Alejandra era bien conocida por todos. Su discreción estaba garantizada.

—Entonces nos vamos ya —dijo Nora levantándose de la silla.

Lianeth le retiró las manos de la boca a Corina, que aún no reaccionaba, al tiempo que le decía:

—Avísale a la señora Rosaura lo que está pasando.

—Ya ella sabe, ¿o cómo creen que las encontré? —dijo Nora—. Y también sabía que las dos iban aceptar, así que les mandó decir que mañana las espera con una buena comida.

María Alejandra se encargó de darle instrucciones a Janeth, una sobrina que había llegado de Bogotá graduada en Administración de Empresas y que el último mes se había dedicado a reestructurar el negocio. Mary veía con agrado el buen desempeño de Janeth, quien además era su ahijada. La había bautizado cuando era un bebé, y pensaba que el día que ella faltara ya tenía quien siguiera con El Encuentro. Después de despedirse de su sobrina, sacó unos cuantos enlatados de la despensa; era lo único que llevaban.

Dos camionetas propiedad de Rogelio Campuzano esperaban en la puerta de El Encuentro. María Alejandra, las médicas y Nora ocuparon la primera, y en la otra cuatro hombres fuertemente armados las siguieron hasta la casa de Rogelio, donde ambas camionetas se detuvieron. Este saludó a Nora desde la puerta de su casa y con la mirada le dio la orden al chofer para que siguiera. Los ocupantes del segundo vehículo se quedaron en casa de su patrón, esperando nuevas órdenes.

—¿Todo listo? —les preguntó.

—Sí, patrón. Ya saben que mandamos gente para allá y no hay problema. El camino está despejado —contestó uno de los empleados.

Rogelio se despidió, subió al segundo piso de su casa y se dirigió al cuarto que hacía las veces de oficina. Una voz entrecortada que provenía del equipo de comunicaciones agradeció a Rogelio su efectividad de siempre. Él se acarició su enorme barriga y apagó la radio, con la satisfacción del deber cumplido.

Dos gritos fueron suficientes para que su mujer subiera solícitamente.

—Espéreme en el cuarto —dijo secamente.

Después de todo, un poco de sexo no le caería mal.

* * *

La luna desnuda se encargaba de iluminar el camino al vehículo que transitaba por la despoblada carretera. Hacía media hora que habían salido de Arauca, pasando por el único retén del ejército que separa la ciudad del resto del mundo. Así dicen, porque todos saben que al salir del perímetro urbano se entra a territorio de nadie.

El ejército no dijo nada, ni siquiera pidió las identificaciones de los ocupantes. Los uniformados conocían muy bien al chofer de Rogelio y este, con solo mostrarles un papel (que al parecer era un permiso para transitar después de las cinco de la tarde por la carretera), dieron un paso atrás y, deseándole suerte con la mano alzada, bajaron una debilucha cabuya que hacía las veces de retén.

Eran cerca de las nueve de la noche. La camioneta avanzaba lentamente debido a los baches de la carretera. El barro, endurecido por semanas de sol, había moldeado a su antojo la única ruta de acceso al resguardo. Nora les explicó con profunda tristeza que aquel lugar que habían conocido ya no existía: los paramilitares dieron un ultimátum para desalojar lo que ellos consideraban que era un frente guerrillero, y ocho días después entraron y arrasaron con lo que quedaba, incendiando las casas y llevándose la comida y los medicamentos. No hubo muertos; era una toma anunciada. Jorge Mario sabía que las posibilidades de defenderse eran nulas y que los que vivían allí no estaban entrenados para la guerra, así que se propuso a reubicar a su gente en un sitio seguro. Las mujeres y los niños fueron acogidos gustosamente por el resguardo indígena. En realidad era un pedazo de tierra que les había otorgado el Gobierno a los indígenas años atrás, para que se conformaran por haber sido lentamente desplazados por los "blancos".

Las médicas escuchaban atentamente las historias que Nora y María Alejandra les referían. Se enteraron, por ejemplo, de que hace más o menos cincuenta años, cuando el llano entero era de ellos y empezaron a llegar los "blancos", una de las entretenciones era salir al monte a cazar indios.

—¿Cazar indios? —preguntó Lianeth, incrédula.

—Así como lo oye —contestó María Alejandra—. Los cazaban como animales y los mataban. Por aquí no había ley ni nadie que los defendiera, y ellos como que eran una raza pacífica. No aguantaron mucho. Por eso es que ustedes los ven por ahí en las esquinas borrachos y medio desnudos, mientras que los que vienen de Cúcuta, los Paezes... esos sí son comerciantes y están bien vestidos siempre, porque mantuvieron su cultura. Los "guajibos", que es el nombre de los indígenas de esta región, se casan entre ellos mismos: hermanos con hermanas, padres con hijas... Viven muy desordenadamente. Por eso aquí en Arauca la palabra guajibo es un insulto. Si a usted le dicen guajibo, le están diciendo que usted es de lo peor.

Lianeth y Ada no dejaban de sorprenderse. Cuántas cosas puede hacer el ser humano con sus semejantes... y dicen que vivimos tiempos violentos.

—Siempre ha sido violento el mundo entero —terminó diciendo Ada con tono de indignación.

—Parece que llegamos —dijo Nora, sacando la cabeza por la ventana del carro.

El sitio no estaba demarcado. Quien no conociera, no sabría ni dónde empezaba ni dónde terminaba el territorio que generosamente les había regalado el Gobierno, pero al parecer ellos sí lo sabían muy bien. Sus viviendas estaban distribuidas en forma casi circular. La vida privada era privilegio de unos pocos: los ranchos no tenían puertas, y en un solo cuarto vivía toda una familia y hasta algún que otro adoptado.

Había dos casas grandes, que inmediatamente se distinguían del resto a primera vista. La camioneta avanzó más lento aún y se detuvo a unos cuantos metros del primer rancho. Los indígenas, que a esa hora estaban casi todos dormidos, no salieron de sus viviendas. Nora fue la primera en bajarse; conocía muy bien en dónde se encontraba y se encaminó hacia la primera de las dos enormes casas, atravesando casi todo el lugar. Las médicas y María Alejandra la seguían a paso rápido. No había luz eléctrica, pero la claridad de aquella noche con luna permitía que se desplazaran sin problema. Ada buscaba afanosamente con la mirada alguna señal de Jorge Mario. Lianeth, sin embargo, se volteó para ver al chofer que las había traído y vio cómo aquel hombre se disponía a armar dentro de la camioneta un lugar para dormir; lo que iba a suceder allí no era de su incumbencia. La enorme figura de María Alejandra contrastaba con las menudas formas de aquellas tres mujeres.

Unos metros antes de llegar a la casa que Nora había elegido, se abrió la puerta.

—Bienvenidas —dijo entre las sombras una voz conocida para todas.

Ada sintió un vuelco en su pecho. Su corazón galopaba aceleradamente como si quisiera salirse para llegar antes que ella al origen de aquella voz. Sin saber por qué, se detuvo y esperó a que Lianeth y María Alejandra se adelantaran. Jorge Mario les daba protocolariamente la mano a todas. Por fin quedaron frente a frente, sin saber qué decir ninguno de los dos. Jorge Mario se veía demacrado, ojeroso, con la ropa más sucia que de costumbre y sin afeitarse. Aun así, para Ada seguía siendo el hombre más sensual que ella hubiera conocido. Sobraban las palabras. Ambos dieron un paso y quedaron tan cerca el uno del otro que el abrazo se produjo por instinto. Unos segundos bastaron para que todo el tiempo que había transcurrido desde aquel lejano día que se despidieron quedara borrado de la historia de ambos. Jorge Mario sacó un gastado papel de uno de los bolsillos de su pantalón.

—Quiero que lo leas. Quería dártelo el último día que nos vimos, pero todo sucedió tan rápido…

Ada se disponía a leerlo, pero Jorge Mario la detuvo.

—Ahora no —le dijo, tomándola de las manos—. Irama está muy mal.

Jorge Mario la condujo hasta una habitación en el fondo de la casa, igual que la primera vez, solo que, en esta ocasión, Ada se encontraba allí por voluntad propia. Lianeth, Nora y María Alejandra los seguían en procesión. Escucharon que Jorge Mario había dejado en ese lugar a Irama hacía más de un mes, mientras él resolvía algunos asuntos. Ese mismo día, se había enterado de que su hermana estaba muy mal y había decidido reunirse con ella, aun a riesgo de su propia vida. Lo que encontró fue devastador. Irama sufría una grave infección, el sangrado había continuado, aunque esporádicamente, y era controlado por tomas que le daban las indígenas, pero llevaba una semana con fiebre y ese día había convulsionado en dos ocasiones.

Las médicas advirtieron de inmediato que se encontraban ante un desenlace fatal. La respiración de Irama era superficial; el pulso, casi imperceptible, había entrado en un ritmo irregular; su piel mostraba un manto se sudor fino y la frialdad de su cuerpo anunciaba que no quedaba mucho por hacer. Estaba inconsciente, su mirada se perdía en algún punto y su cara no mostraba ninguna expresión. Lianeth había visto muchas veces ese momento. Instintivamente, tocó el abultado abdomen de Irama, y al aumentar la presión con su mano sintió un movimiento rápido que provenía de su interior.

—¡El bebé está vivo! —gritó sin saber qué clase de noticia era aquella. Con esa infección tan fuerte, lo más probable era que su hijo también estuviera enfermo y sufriendo las consecuencias de la elevada temperatura.

—Llevémosla a un hospital —dijo Ada desesperadamente—. Si tú no puedes ir, nosotras la llevamos ahora mismo.

Nadie respondía. Aunque la decisión era de Jorge Mario, todas se preguntaban si Irama sobreviviría al viaje, pero se trataba de llevarla o verla morir. Ada no esperó ninguna respuesta: resueltamente se acercó a Jorge Mario diciendo:

—Consigue gente para que la carguen hasta la camioneta.

Lianeth, que conocía muy bien a su amiga, se dispuso a preparar algunas mantas que estaban en el cuarto. Nora se puso a recoger las pocas pertenencias que veía de Irama y una que otra ropita de bebé que le habían confeccionado las indígenas (total, faltaba menos de un mes para que llegara el momento del parto).

María Alejandra, entretanto, se acercó a su vieja conocida. Los recuerdos se asomaron a su mente con gran claridad: Irama y ella habían ido a la misma escuela en la primaria y María Alejandra se había dado de golpes con unos cuantos por defender a su amiga. Siempre tuvo la ventaja de su estatura y en aquel momento, después de tantos años, le parecía irreal que la estuviera viendo en esas condiciones.

Jorge Mario ya se disponía a cargar a su hermana, cuando María Alejandra lo detuvo.

—No está respirando —dijo mirando fijamente a las médicas.

Lianeth y Ada se abalanzaron sobre Irama y constataron lo que Mary decía. No había pulso ni respiración, y sus ojos secos habían perdido el brillo que les daba vida. Lianeth intentó reanimarla, pero sabía que Irama ya no estaba allí.

—¡El bebé está vivo! —repitió Lianeth nuevamente mirando a Ada.

Ambas sabían que aún tenían posibilidades de sacarlo de allí con vida. Ninguna de las dos estaba dispuesta a dejarlo morir por asfixia. Nora salió del cuarto rápidamente. Lianeth y Ada miraban a Jorge Mario, quien le devolvió la mirada a Ada, diciéndole sin palabras que hiciera lo que tuviera que hacer. Dio un paso atrás y desapareció. María Alejandra se encontraba aún al lado del cuerpo de Irama mirando a sus amigas. De repente, Nora entró con la misma rapidez con que se había ido, portando el único cuchillo que pudo encontrar.

—Tenga, saque al niño —dijo decididamente, al tiempo que le entregaba el cuchillo a Lianeth.

Ambas médicas actuaron mecánicamente, tratando de no ver el rostro de Irama. Una incisión, desde el ombligo hasta casi el pubis, fue suficiente para dejar expuesto el agigantado útero. Ninguna de las dos tenía experiencia en lo que estaban haciendo y, aunque habían visto realizar muchas cesáreas, se les dificultaba la extracción del niño. Sabían también que tenían menos de tres minutos para sacar a la criatura. Lianeth decidió extender la incisión un poco hacia arriba, como tantas veces había visto en Medicina Legal. No pudo evitar pensar en la comodidad de que el cadáver no sangre. No tenían guantes y no sabían qué clase de infección tenía Irama, pero al ver aquel bultito de carne que se aferraba a la vida, no dudaron ni un momento en meter las manos. El útero estaba abierto y una espalda azulosa se asomaba de entre una gran variedad de tejidos. Lianeth le entregó la criatura a Ada y cortó el cordón. Ada sostuvo con una mano al bebé y con la otra pinzó el extremo del cordón, que había empezado a sangrar inmediatamente.

—Mary, busca algo con que amarrar esto —dijo mirando desesperadamente a la criatura y extendiéndole a María Alejandra el extremo del cordón umbilical.

María Alejandra no sabía qué hacer, miró hacia todos lados y no vio nada que pudiera servir para tal fin. Nora, que miraba con impotencia la escena, observó que María Alejandra tenía un caucho[17] amarrado en una de sus muñecas.

—¡Quítese el caucho! —gritó mientras sacaba una cobija para el bebé.

María Alejandra, temblando, anudó como pudo el caucho al cordón muy por debajo de donde Ada lo sostenía y pudo ver dos grandes testículos.

—¡Es un niño! —dijo, sin poder evitar una gran emoción.

Ada se encargaba de frotar vigorosamente la espalda del recién nacido para estimularlo. De repente, un fuerte llanto rompió el silencio de la noche: el hijo de Irama había nacido.

El llanto del pequeño alertó a las indígenas que, por orden de Jorge Mario, habían salido de la habitación segundos antes de que entraran las médicas. Él sabía lo renuentes que eran para aceptar la medicina del blanco, así que prefirió que su hermana fuera atendida sin presiones; pero una a una se fueron acercando, y en menos de cinco minutos la noticia se había difundido por toda la comunidad.

Al poco rato, las más cercanas a Irama, la cacica y sus dos hijas mayores, aparecieron imponentes en la puerta de la pequeña habitación. El cuerpo de Irama era un desagradable espectáculo, así que Lianeth se apresuró a cubrirlo con una gastada manta que tenía a la mano. Una mirada dura fue la respuesta a este acto por parte de la cacica, que estaba convencida que la muerte de su

---

[17]   Pulsera elástica.

querida amiga blanca se hubiera podido evitar con su medicina; pero también sabía que Irama no era su sangre y no podía exigir desagravio por esa pérdida, como era la costumbre en su comunidad. Su mirada se suavizó cuando observó a María Alejandra, que se afanaba por acomodar al bebé lo mejor posible en su regazo. El niño no había dejado de llorar y la cacica, en su lenguaje, dio la orden de que trajeran a una nodriza para que le ofreciera alimento a la criatura. Sus dos hijas salieron a toda prisa, mientras Jorge Mario aparecía silenciosamente en la puerta.

Ada, que aún tenía en las manos la sangre de Irama, se acercó para ofrecerle consuelo. Jorge Mario se aferró a ella con fuerza y un par de lágrimas, que trató de reprimir a toda costa, rodaron por sus mejillas. Había perdido lo único que le pertenecía en la vida. Ada lo alejó de la habitación; sabía que aunque él estuviera acostumbrado a observar cadáveres en todas las fases de descomposición y todos los signos de tortura posibles, un ser querido rompe con cualquier clase de resistencia. Cuando salieron de la casa, Ada pudo ver a las hijas de la cacica, que traían una indígena con grandes senos escurriendo leche dispuesta a amamantar al hijo de Irama.

Caminaron bajo el extraño silencio de la noche. Jorge Mario, que siempre estaba alerta, se percató de que algo extraño sucedía. Se detuvo en la mitad del camino y observó a su alrededor minuciosamente, pero no percibió nada, y reiniciaron la marcha. De pronto, detuvo bruscamente a Ada y se puso en alerta de nuevo. A lo lejos se escuchaba el motor de algún vehículo que no estaba anunciado, lo cual, en esas circunstancias, era algo alarmante. No sabía quién se estaba acercando a esas horas. Ya pasaba la medianoche.

Jorge Mario tomó la mano de Ada para conducirla a un lugar seguro, pero al notar la sangre seca de su hermana, miró la mano de Ada y sintió que ya nada valía la pena. Ada, adivinando su pensamiento, dijo:

—Recuerda que tienes un sobrino que depende absolutamente de ti.

Jorge Mario hizo una mueca parecida una sonrisa. Ada tenía razón, pero en ese momento sentía ganas de enfrentarse con cualquiera que tratara de arrebatar la poca paz que aún les quedaba a los indígenas. Le dijo a Ada que lo esperara allí mismo y, con paso resuelto, se dirigió hacia la única entrada del lugar. Pero Ada, que como siempre hacía su voluntad, lo siguió, sin saber muy bien por qué, haciendo caso omiso de las advertencias de Jorge Mario, aunque sentía que su corazón latía por todas partes en su cuerpo. «¿Por qué tengo que meterme en estos líos?», se preguntaba una y otra vez. Pero su terquedad podía más que su razón y además, ya no le cabían dudas: estaba totalmente enamorada de ese hombre y por eso estaba dispuesta a lo que fuera.

Jorge Mario divisó la camioneta que había traído a las médicas, se acercó y pudo ver al chofer durmiendo a pierna suelta y con la radio de comunicaciones apagada. Jorge Mario le dio un fuerte golpe a la puerta del vehículo y el chofer, de un salto, se acomodó automáticamente como si estuviera conduciendo. Jorge Mario estaba realmente molesto. Abrió la puerta de la camioneta, sacó al chofer por los hombros y se dispuso apresuradamente a encender la radio. Después de que Rogelio diera unos madrazos al otro lado de la línea, y prometiendo que castigaría ejemplarmente al descuidado chofer, le explicó a Jorge Mario que había enviado a sus muchachos poco tiempo después de que saliera el primer vehículo porque no había tiempo que perder. Jorge Mario debía esperar a enterarse personalmente de lo que estaba sucediendo.

Se bajó de la camioneta y, ya más tranquilo, empezó a escarbar en el horizonte hasta que dos tenues y lejanas luces aparecieron, avanzando tan rápido como el terreno lo permitía.

Quince minutos después, arribaba la otra camioneta que habían dejado en casa de Rogelio. Ada quedó sorprendida al ver que de ella se bajaba el doctor Germán Arteaga en persona. Algo muy grave debía estar sucediendo para que este personaje estuviera en ese lugar, mucho más, a esa hora.

15

Jorge Mario se reunió con Germán en la casa contigua a donde todo había sucedido, e insistió también en que Ada debía estar presente. Había tomado la decisión de no separarse más de aquella mujer y no estaba dispuesto a llevar una vida de secretos.

Germán tomó la palabra.

—La situación se puso grave —dijo en tono trascendental—. Los compañeros están molestos. Al parecer, el nuevo presidente colombiano tiene una posición muy difícil, y algunos de los que ellos montaron para alcaldes se les están volteando, porque piensan que con este Gobierno va a ser difícil la lucha. Así que los compañeros van a exigir la renuncia de todos los alcaldes que estén en Zona Roja, sean aliados o no. Piensan que así pueden demostrarle al país que no es tan fácil quitarse a la guerrilla de encima. Y al alcalde que no renuncie "se le da de baja"; ya eso es un hecho.

Jorge Mario meditaba acerca de cada palabra que decía Germán. Si bien era cierto que se trataba de algo muy importante, no veía qué tenía que ver él en todo aquello. Total, la política no era directamente asunto suyo.

Germán parecía adivinar la duda de Jorge Mario, así que prosiguió:

—Bueno, no solo es por eso, sino por otros detalles más profundos que ya sabremos más adelante. Yo sigo para donde el comandante que me citó, para que estemos enterados de todo… Pero hay otro asunto muy delicado —dijo haciendo una pausa—. Algunos de los que usted protegía son del otro bando… ¡Confirmado! —dijo en tono enfático al ver que Jorge Mario se disponía a defender a su gente—. En estos momentos usted es objetivo militar.

Ada no podía creer lo que escuchaba. «¡Qué gente tan bruta!», pensó.

Jorge Mario se mantenía inexpresivo, sintiéndose más solo en el mundo que nunca porque ahora, lo que él había considerado que era parte de su vida no solo le daba la espalda, sino que además pretendían matarlo.

—Quiero una cita —dijo mirando fijamente a Germán—. Esto no puede quedarse así sin que yo me defienda. Yo nunca he traicionado a nadie —En sus palabras ya se reflejaba claramente su indignación.

Germán lo miró algo incómodo. La verdad era que no se sentía bien con lo que tenía que decirle. Sabía desde hacía mucho tiempo que se movía en un mundo podrido y para poder sobrevivir, sin darse cuenta en qué momento, había comenzado a pertenecer a esa clase de gente de moral bastante flexible. Jorge Mario, en cambio, era de esos pocos que aún conservaban la ideología de aquellos primeros tiempos y, al parecer, la guerrilla necesitaba en esos momentos gente que no pidiera explicaciones ni cuestionara las decisiones que se estaban tomando. A este Gobierno había que enfrentarlo con mano dura. La misión real de Germán, antes de seguir a su destino final, era hacerle entender a Jorge Mario que ellos no podían apoyarlo, porque sería ir en contra de una orden ya dada y, tal y como estaban las cosas, nadie se atrevía a responder por nadie.

—Sin embargo, yo voy a tratar de hablar para que le den chance. Lo que pasa es que ya toda la gente conocida cambió de lugar, y por aquí los que están son todos nuevos y con sus órdenes ya recibidas. Usted sabe cómo es eso —terminó diciendo con algo de vergüenza en su rostro.

Jorge Mario entendía perfectamente: lo estaban dejando solo…

—De todos modos —continuó Germán—, usted sabe cuánto lo aprecia Rogelio. Me dijo que podía disponer de la camioneta para que lo movilizara a donde usted quisiera, pero eso sí… hoy mismo.

Jorge Mario no quiso seguir hablando, sabía que era inútil cualquier tipo de discusión. Comprendió que en esos momentos ningún lugar era seguro para él. Le dio la mano a Germán, más por educación que por gusto, y se retiró. Ada salió tras él, y cuando ambos estuvieron lejos de Germán, le detuvo y le preguntó:

—¿Qué piensas hacer?

—No lo sé. Por ahora quiero que os alejéis, tú y tus compañeras. Tengo una sentencia de muerte y no quiero ponerlas a ustedes en peligro.

Ada pensó muy bien lo que iba a decir.

—Vente conmigo —dijo, tomándolo de la mano—. Podemos empezar una nueva vida lejos de aquí, ofrecerle un mundo mejor al hijo de Irama, lejos de la guerra.

Toda su vida pasó en un segundo por su mente: su infancia, la escuela, los buenos momentos con su hermana, tanta gente con la que había compartido su vida… Y de repente, no había nadie ahora; toda esa lucha no lo había llevado a ninguna parte, y frente a él estaba la mujer de quien estaba enamorado que le ofrecía la vida que cualquier persona desea. ¿Qué tenía que pensar?

—¿Adónde vamos a ir? —dijo poco entusiasmado—. ¿Qué puedo ofrecerte?

—Mira, eso lo discutimos después. ¡Por ahora, lo que hay que hacer es salir de aquí ahora mismo!

Ada sabía que no era un buen momento para expresar alegría. La pérdida de Irama y toda la traición que sentía Jorge Mario no daban lugar para otro sentimiento que no fuera la tristeza, pero dentro de su corazón había miles de planes que surgían a gran velocidad. Le parecía increíble que el rumbo de la vida de una persona pudiera cambiar en un instante.

Llegaron a la habitación donde se encontraba el cuerpo de Irama ya arreglado por las indígenas. María Alejandra cargaba al niño, ya satisfecho por el alimento que había recibido y envuelto en una mantica que le habían hecho para el día de su nacimiento. Nora, que todo se lo tomaba a pecho, se encontraba al lado del cuerpo dispuesta a recibir los pésames que nadie le daba. Cada uno vivía su propio dolor. Lianeth, sin embargo, supo que algo más estaba pasando cuando vio la cara de su amiga.

—Nos devolvemos enseguida para Arauca —dijo Ada en un tono que hizo que no se tuvieran dudas al respecto.

Jorge Mario se acercó a la cacica y le habló en su propio idioma; le hizo entrega del cuerpo de su hermana, haciéndole saber que él estaba seguro de que sería tratado con el respeto que se merecía. La cacica agradeció enormemente aquel honor, inclinó la cabeza unos segundos frente a Jorge Mario, y luego realizó unos movimientos con las manos a manera de ritual, que él agradeció con sus ojos inundados en lágrimas. Sabían que se estaban despidiendo para siempre…

* * *

La camioneta había emprendido el regreso a Arauca. Llevaban una hora de camino y ya el sol se empeñaba en aparecer. El recorrido transcurría en completo silencio. De vez en cuando, el hijo de Irama exigía algo de comodidad, y María Alejandra se encargaba de acomodarlo tantas veces como él lo requería. Jorge Mario llevaba la mirada fija en el vacío y la mano de Ada agarrada a la suya. Nora y Lianeth se miraban de vez en cuando para confirmar que ambas tenían la misma pregunta en mente: ¿qué hacían Jorge Mario y el hijo de Irama con ellas?

Nadie preguntaba nada; a nadie se le explicó nada. Jorge Mario tenía la intención de llegar a casa de Rogelio para aceptar la ayuda que le había ofrecido por intermedio de Germán. Además, Rogelio se encargaba del movimiento de buena parte del dinero que se movía en aquella zona, y en esos momentos Jorge Mario necesitaba algo de liquidez para irse de aquel lugar. Ya no quería hablar con nadie, ni exigir explicaciones; simplemente deseaba alejarse lo más pronto posible de todo y empezar una nueva vida junto a Ada y el pequeño hijo de Irama.

Faltaban menos de quince minutos para entrar en el casco urbano, cuando dos uniformados que se encontraban a orillas de la carretera alzaron la mano dándoles el alto. El chofer del vehículo sabía por experiencia que era imposible no hacer caso a una orden de ese tipo, así que disminuyó la velocidad y bajó el vidrio de su puerta.

—Buenas —saludó tranquilamente al par de uniformados.

Ellos no devolvieron el saludo. Cuando el carro se hubo detenido, una decena de uniformados salieron de todas partes y rodearon el vehículo.

Lianeth y Ada se miraron. Ya habían vivido esa experiencia la primera vez que se llevaron a Lianeth y el mismo miedo se apoderó de ellas. Las cosas habían cambiado desde entonces y se rumoraba que los paramilitares se encontraban en esa zona.

—Bájense todos —dijo uno de los uniformados en un tono de voz casi indiferente.

Esta vez Nora no discutió. Todos se apearon y, casi por instinto, se pusieron en fila uno al lado del otro con la espalda pegada al vehículo.

María Alejandra aferraba firmemente a la pequeña criatura que demandaba algo de alimento, cuando uno de los uniformados se le acercó.

—Haga que se calle —exigió.

Ninguno de ellos les era conocido, y por el acento de sus voces pudieron deducir que pertenecían a algún lugar muy lejano de Arauca. Jorge Mario sabía que por esos días se habían realizado cambios de comandancia y Germán se lo había confirmado hacía unas cuantas horas, así que intentó identificarse para distender el momento; pero el mismo que había exigido que se callara el bebé se dirigió a Jorge Mario:

—Usted se viene con nosotros. ¡Dé un paso al frente! —ordenó de forma militar.

Jorge Mario tranquilizó a Ada y se dirigió caminando despreocupadamente hacia donde ya se habían agrupado el resto de los uniformados.

Ada y Lianeth observaron que el chofer de Rogelio miraba para otro lado, igual que cuando estaban en el resguardo indígena; parecía como si lo que estaba sucediendo no fuera asunto suyo.

Jorge Mario se identificó al que parecía comandar el grupo. La respuesta fue inesperada.

—No diga nada, que nosotros ya sabemos quién es usted.

Mientras decía estas palabras, otro de los uniformados sacaba un pedazo de papel de uno de los tantos bolsillos del uniforme.

—Aquí tiene, jefe —dijo al tiempo que le pasaba el "documento" al superior.

El jefe del grupo lo recibió y, alejándolo un poco de su vista, leyó:

—«Jorge Mario Escalante, queda condenado por alta traición a la causa. El castigo para esta falta es la vida misma. Por tanto, usted va a ser ejecutado».

Jorge Mario no lo podía creer. Su indignación por todo lo que le había sucedido se convirtió en furia, dio un paso al frente y zarandeó a quien acababa de leer su sentencia de muerte.

—Exijo hablar con su superior —dijo, mientras tomaba al desconocido por el uniforme.

En menos de dos segundos, los demás uniformados intervinieron, alejando a Jorge Mario de su comandante.

—Yo soy el superior aquí y usted sabe muy bien cómo son las cosas —dijo con una mirada inhumana y fría, al tiempo que con la mano le hacía señas a uno de los que rodeaba a Jorge Mario.

No hubo tiempo de pedir explicaciones ni de entender qué sucedía… Aunque en el recuerdo de las mujeres que presenciaron ese momento, la escena se repetiría una y otra vez en cámara lenta por el resto de sus vidas.

El joven de camuflado entendió muy bien lo que su comandante quería decir. Sin dudarlo ni un segundo, desenfundó una pistola nueve milímetros y disparó a sangre fría dos veces a la cabeza de Jorge Mario.

—¡Imbécil! —gritó el comandante, visiblemente disgustado—. ¡Las ejecuciones se hacen con un solo disparo, hay que ahorrar municiones!

Fue lo último que escucharon de aquel grupo de delincuentes mientras estos se alejaban sin mirar atrás.

—¡Desgraciados! —gritó Ada, corriendo hacia el cuerpo sin vida de Jorge Mario. Las lágrimas corrían por su rostro y un grito de impotencia y dolor hizo que uno de los uniformados se volteara, pero enseguida su compañero le dio una palmada en el hombro y siguieron su camino hasta que ya no escucharon más los insultos de Ada.

Lianeth corrió al lado de su amiga. No alcanzaba a comprender la pérdida que significaba para ella la muerte de Jorge Mario. Además, se encontraba presa del pánico por lo que acababa de vivir: habían ejecutado a una persona en su presencia. Ada abrazaba el cuerpo de Jorge Mario y Nora observaba al chofer de Rogelio, que se comportaba como si no hubiera visto nada. María Alejandra se encargaba de tranquilizar al hijo de Irama, que lloraba desconsoladamente, como si sintiera que se había quedado solo.

16

Arauca despertaba rutinariamente a un nuevo día. Rosaura Cisneros estaba desayunando mientras escuchaba la radio regional que anunciaba, entre otras cosas, las actividades del hospital. Reportaba cuántos llaneritos habían nacido aquella noche, a quién operarían hoy y quién se encontraba hospitalizado. Sin duda, era un lugar pequeño. La noticia sorpresa fue escuchar que en la morgue del hospital se encontraba el cuerpo sin vida de Jorge Mario Escalante. La sangre se le bajó a los pies. Aunque sus inquilinas no fueron mencionadas, sabía que ellas tenían que estar allá. Con el corazón a todo galope, se vistió lo más rápido que pudo y, en menos de cinco minutos, ya se encontraba en el hospital.

Al llegar, se encontró con María Alejandra, que se disponía a irse a su casa para poder ofrecerle algo de comodidad al niño. Rosaura la detuvo.

—¿Y eso? Ya era hora de que se decidiera —le dijo, mirando la criatura que llevaba en sus brazos. Rosaura ignoraba que María Alejandra las había acompañado aquella noche—. ¿Y las muchachas? ¿Las ha visto? —insistió, exigiendo una rápida respuesta.

—Están por el lado de la morgue. No las dejan salir porque tienen que declarar unas cosas. Están con Nora.

—Me imagino que esa es la que está complicando todo. Pero usted se tenía bien guardado lo del muchachito, ¿lo trajo a vacunar?

—Sí, señora, hoy le toca vacuna.

Mary se sentía viviendo su sueño. ¡Cuántas veces se había imaginado llevando su muchachito al médico o al parque! Acunó en sus brazos al hijo de Irama y le dio un beso en la frente, lleno de toda la ternura que podía sentir. Dos lágrimas rodaron por sus mejillas. Mary se dirigió a El Encuentro. La vida tenía que continuar y ella estaba dispuesta a brindarle techo, comida y cariño a esa pobre criatura mientras se pudiera.

Rosaura se dirigió directamente a la morgue. El hospital era bien pequeño y no tuvo que caminar mucho para encontrar a sus inquilinas.

—¿Qué fue lo que pasó? —preguntó seriamente desde la puerta, haciendo que las médicas que estaban de espaldas a ella se enteraran de su presencia.

Ada tenía la cara hinchada por el llanto, Lianeth trataba de consolar a su amiga y Nora no paraba de lanzar conjeturas de que fue una emboscada, que había sido planeado... En fin, menos mal que Rosaura Cisneros supo callarle su irresponsable boca.

—¿Qué esperan aquí? —les preguntó algo preocupada, porque pensó que ese no era un lugar seguro. La policía las estaba esperando para trasladarlas a la estación y tomarles declaración—. Las muchachas se van conmigo —le dijo a uno de los que estaba más cerca. Antes de que el uniformado se opusiera, le explicó—: Dígale al comandante que ellas son familia mía, que yo respondo.

Y sin esperar respuesta, tomó a Ada y a Lianeth por los hombros y las condujo, en un semiabrazo, hasta la puerta del hospital, en donde continuaba esperando el taxi. Nora, resignada y algo molesta porque no la entrevistarían, siguió resignadamente al grupo. Rosaura le ofreció llevarla a su casa, pero Nora ya había llamado a un amigo para que viniera a recogerla, así que esperaría en la puerta del hospital.

* * *

—No lo puedo creer, señora Rosaura —dijo Ada sentada en el quiosco de la casa de la señora Rosaura, sin poder contener el llanto.

—Pues váyalo creyendo, mijita. Esto se está poniendo cada vez peor y no me gusta que hayan estado en medio de lo que acaba de pasar —Rosaura hablaba más seria que nunca, mostrando una gran preocupación—. Yo pienso que sus días en Arauca se terminaron. Mejor regresen mientras puedan.

—No, yo no quiero dejar el cuerpo de Jorge Mario así; quiero darle sepultura... —dijo Ada en medio de un llanto entrecortado.

—Eso ni lo piense. Además —miró su reloj—, el cuerpo ya no está en el hospital. Rogelio se debe estar encargando de eso en estos momentos. Lianeth, averigüe cuándo sale el próximo vuelo; ustedes no se pueden quedar más aquí. Las cosas cambiaron, ya no las puedo proteger. Conmigo no se van a meter, pero ustedes ya han visto mucho, y es mejor actuar ahora para no lamentarse después.

Rosaura hablaba con sabiduría. Lianeth estaba realmente preocupada; incluso Ada, con todo su dolor, tuvo un momento de claridad para pensar que, después de todo, ese era el plan que tenía con Jorge Mario: marcharse juntos de Arauca.

—Nos vamos —dijo Ada secándose dignamente las lágrimas.

Metió las manos en sus bolsillos y, en uno de ellos, notó el gastado papel que Jorge Mario le había entregado horas atrás. Lentamente, lo sacó y lo desdobló con cuidado para no rasgarlo. Jorge Mario lo había conservado desde aquella primera y única vez que estuvieron juntos; muchas veces había querido buscar a Ada para verla de nuevo, pero se había detenido porque sabía muy bien que su presencia la pondría en peligro. Sin embargo, el recuerdo de Ada y la esperanza de volver a verla estuvo presente cada minuto en la vida de Jorge Mario.

Mientras leía, Ada no pudo contener las lágrimas. Habían callado para siempre a una persona que solo quería que las cosas cambiaran. La guerrilla no deja cabos sueltos, y Jorge Mario era un ser pensante y con ideas de cambio que ya no le convenían a la revolución. Por eso lo callaron para siempre. Leyó de nuevo lo que decía el corto mensaje:

Aunque el tiempo sea perverso,
me quedo con mi infinito pensamiento
para recordarte,
o la hermosa fantasía
de quedarme con tus besos.

Entonces Ada sintió que la guerra la había tocado. En menos de cinco minutos habían asesinado, ante sus propios ojos, al hombre que amaba; le habían arrebatado sus planes, su futuro, su derecho a decidir sobre su propia vida. Ada fijó de nuevo los ojos en el pequeño papel. Ahora sentía rabia e impotencia. Quería saber por qué realmente las cosas se manejaban de esa manera, quién estaba detrás de todo ese mundo de intrigas y corrupción. Su mente viajaba rápidamente, imaginándose infiltrada en la cúpula de la guerrilla, debatiendo intelectualmente con aquellos que organizaban todo ese mundo que se revelaba ahora para ella, pero Lianeth interrumpió sus pensamientos.

—Ada, aterriza. Si nos vamos, antes tenemos algo que hacer, y cuanto más rápido, mejor.

Corina no se había levantado aún, así que Rosaura se encargaría de explicarle el cambio de planes.

La vida tiene extrañas sorpresas...

* * *

El estudio de la medicina y, sobre todo, el año de internado, permite que los estudiantes queden entrenados para pasar la noche en blanco y seguir funcionando al otro día como si nada. Por eso, a pesar de no haber dormido en toda la noche, Lianeth y Ada se dispusieron a resolver algo que todavía les quedaba pendiente.

María Alejandra en cierta forma las esperaba. Sabía que su sueño no duraría toda la vida.

—Venimos a definir lo del hijo de Irama —dijo Lianeth con tono de tristeza. Aún no se había recuperado de todo lo que acaba de vivir.

—¿Y qué decidieron? —preguntó Mary mientras instintivamente apretaba el niño contra su pecho.

Lianeth siguió:

—Mary, creemos que la persona que más le puede brindar a este niño todo lo que necesita eres tú. Queremos que vengas a la clínica para hacer los papeles y que todo quede legal. Total, nadie sabe qué sucedió realmente, y los que saben, no creo que les interese el destino de este pequeño.

María Alejandra estaba congestionada, sus labios le temblaban y no podía articular palabra. Sus mejillas se sonrojaron y las lágrimas asomaron a sus ojos.

Lentamente, con el bebé entre sus brazos, se arrodilló y le agradeció a Dios y a sus amigas por todo lo que estaba sucediendo.

—Es mi niño, es mi niño, yo lo voy a cuidar toda la vida y va a ser un hombre decente, ¡eso se lo juro! —dijo Mary todavía con la sensación de estar viviendo un sueño.

—No tienes que jurarlo, Mary, nosotras sabemos que es así, y también sabemos que ese niño te va a querer tanto como tú a él —intervino Ada—. Pero vamos. Nos queda poco tiempo.

En el trayecto, le explicaron a María Alejandra lo que la señora Rosaura les había sugerido. Ella, con tristeza le dio toda la razón. No había tiempo que perder.

La clínica estaba prácticamente vacía aquella mañana de sábado. Las médicas tenían libre acceso, debido a que muchas veces hacían turnos remunerados con el fin de ganar unos cuantos pesos extras. El personal que laboraba esa mañana las conocía bien.

—Buenos días. Venimos a registrar este niño.

Las enfermeras se ofrecieron a ayudar solícitamente. En Arauca aún es posible solicitar el registro civil con el testimonio de una comadrona o partera, así que la palabra de las médicas fue más que suficiente para que la enfermera sacara los impresos adecuados y le tomara las huellas al niño. Se sentó y comenzó a hacer las preguntas pertinentes sobre los datos a la madre.

—¿Y cómo se va a llamar el niño? —le preguntó a María Alejandra.

Esta la miró resuelta. El destino, o lo que fuera, le habían dado lo que más deseaba en el mundo, un niño, y nadie tendría dudas de que este sería su hijo.

—Juan Camilo Dakermman; así se llama mi niño. Con un solo apellido, porque no tiene padre.

La enfermera que se encargaba de diligenciar los papeles se solidarizó inmediatamente con aquel testimonio y, felicitándola por tanta valentía, trabajó con entusiasmo en la elaboración del "Nacido Vivo"[18] expedido por la clínica.

---

[18] Certificado de nacimiento que se realiza en el momento de la concepción.

Lianeth firmó y todo quedó legalizado; ahora solo faltaba ir a la notaría y Juan Camilo sería un nuevo ciudadano colombiano.

—Tome, aquí tiene unas copias, por si las necesita para cualquier cosa —extendió unas hojas a María Alejandra y la felicitó por tan bello bebé—. Yo sí la notaba a usted un poco ancha de las caderas, pero como que hizo pequeña la barriga.

Ada y Lianeth se miraron. ¡Hasta dónde llega la fantasía de las personas! Ambas le realizaron un examen completo a Juan Camilo y le tomaron muestras de sangre; lo único que presentaba era un bajo peso, que era de esperarse en su condición. Ada lo miró detenidamente. Realmente era un niño hermoso.

—Te pareces a tu tío —le dijo susurrándole al oído, y sus ojos se llenaron nuevamente de lágrimas.

María Alejandra llamó a su familia para contarles que tenían un nuevo miembro, y cuando llegaron de regreso a El Encuentro, ya todos estaban allá esperando para hacer valer el título de cada uno.

—La abuela lo carga primero —dijo la madre de Mary al ver la hermosa criatura.

Las médicas se alejaron escuchando cómo cada uno exigía su turno para poder cargar a Juan Camilo, se miraron y tuvieron la seguridad de que ese niño crecería rodeado de mucho amor. Habían hecho lo correcto.

EPÍLOGO

Tres días fueron suficientes para arreglar el viaje de regreso. No hubo necesidad de pasar cartas de renuncia, a pesar de que se iban diez días antes de terminar el contrato. Ada se había transformado. Era una mujer dura y lejana, y se había acercado extrañamente a Nora. Mientras Lianeth se encargaba de organizar todo lo del viaje, Ada pasaba todo el día fuera de la casa. Nora llegaba por ella en la moto y regresaban bien entrada la noche; cuando la traía de vuelta, se despedía desde la moto y le decía:

—Mañana la recojo más temprano para que nos rinda el día.

Lianeth se encontraba hablando con la señora Rosaura sobre la liquidación de su contrato.

—Por eso no se preocupen, que yo les hago llegar el papel ese que necesitan para que les den su tarjeta profesional, y hasta el sueldo completo les mando. Ustedes hicieron mucho bien por acá. Piensen que fue una experiencia más, y cuídense mucho.

Las maletas estaban listas en la sala. Rosaura Cisneros les daba el discurso de despedida. Eran palabras sinceras y en realidad pensaba que lo mejor para sus inquilinas era que se fueran. Corina no dejaba de llorar.

—Yo creo que a esta la despacho la otra semana —dijo en tono de burla, como para que se alegrara un poco el momento.

—Gracias por todo, señora Rosaura.

—¡Qué gracias ni qué gracias! Más bien apúrenle, que si pierden el vuelo, no se van hasta la otra semana.

No le gustaban las despedidas, eso estaba demostrado. Un abrazo y la bendición a cada una fue suficiente muestra de afecto para aquella llanera bravía. Ambas sabían que sería imposible olvidarla, como nunca podrían olvidar nada de lo que habían vivido en ese extraño mundo que hoy dejaban.

María Alejandra estaba en la puerta esperando para acompañarlas al aeropuerto. Juan Camilo iba elegantemente vestido; tenía coche, pañalera y teteros, como si fuera a demorarse cuatro días fuera de su casa.

Nora, que no podía faltar, se presentó en su moto con un regalo para Lianeth. Se trataba de unas artesanías hechas en madera: unas corocoras, las garzas rojas que solo se ven en el llano. Lianeth retrocedió en el tiempo y recordó la primera vez que las vio en aquella brigada, cuando iba detrás de Irama, sin saber para dónde la llevaban y si volvería o no. Las guardaría como un tesoro.

Ada permanecía silenciosa e inexpresiva. Había hecho sus maletas la noche anterior sin ningún entusiasmo. Nora se veía nerviosa, como si ocultara algo.

«Está tramando algo», pensó Rosaura Cisneros. Pero no le dio importancia al asunto y despachó rápidamente a la comitiva que despedía a sus inquilinas.

Ya en el aeropuerto, María Alejandra, Juan Camilo, Nora y Corina pudieron recordar en voz alta, por primera vez, aquella brigada. Hubo risas y nostalgias, pero todas sabían que aquella vivencia las había hecho más fuertes. Después de todo, de eso se trata la vida: los momentos están allí, te edifican o te destruyen, dependiendo del significado que les quieras dar.

Llegó la hora de abordar y el nerviosismo de Nora se hizo más evidente. Ada, que había permanecido callada todo el tiempo, se acercó a Lianeth y le entregó el equipaje.

—Llévate mis maletas, que yo no las necesito —dijo mirándola fijamente a los ojos con esa mirada resuelta que Lianeth le conocía muy bien.

—¿Qué me estás diciendo, Ada? ¿Te enloqueciste? —Lianeth estaba tan sorprendida como indignada. Ada había hecho planes a sus espaldas sin contar con su opinión y sin pensar en la gente que la esperaba, sus padres, su familia.

—No, no he enloquecido, socia, ni tengo deseos de venganza, si eso es que lo que estás pensando. Pero quiero entender. Quiero entender qué nos está pasando, por qué hemos enfermado tanto.

Ada recogió del suelo el morral que contenía lo más indispensable para ella y, sin escuchar las protestas de Lianeth ni el llanto de Corina por la decisión que acababa de anunciar, sacó un par de sobres.

—Entrégale esto a mi familia. Quiero que quede claro que tú no tienes nada que ver en esto y que pienso volver, pero no tengo fecha de regreso. Este es otro para ti. Lo abres en el avión.

Estaban llamando para abordar y Lianeth vio cómo llegaba a la puerta del aeropuerto la camioneta de Rogelio Campuzano con un par de trabajadores. Nora dijo tímidamente:

—Llegaron por nosotras.

Ada y Nora miraron al resto de las personas que las acompañaban. Nora se había encargado de poner a Ada en contacto con unos amigos que dirigían uno de los frentes que se encontraban en esa región (los mismos que la mantenían en el puesto como directora del centro de salud), así que no se opusieron cuando Nora les dijo que una amiga de ella quería pasar un tiempo por allá. Ada quería conocer a las personas que estaban detrás de todo esto. Sentía que de esa forma podría desahogar toda la angustia y la impotencia que iba a sentir si se fuera de ese lugar como si nada hubiera pasado. Su vida había cambiado totalmente. Se sentía llena de razones y de ideas para poder sentarse con cualquiera a discutir.

Lianeth le continuaba repitiendo incontables veces que no fuera idealista, que su vida estaba lejos de allí. María Alejandra, por su lado, la trató de irresponsable al tomar decisiones sin medir las consecuencias. Corina continuaba llorando desconsoladamente. Ada puso fin a la discusión.

—¡Me voy y eso ya está decidido! —dijo casi gritando—. Lianeth, entiende que esto tengo que hacerlo o dejaría de ser yo misma. Te prometo que regresaré.

Fue lo último que dijo antes de echarse su morral al hombro y emprender el camino hacia la camioneta, que estaba esperándolas. Lianeth observaba con impotencia cómo su amiga era recibida atentamente por los dos empleados.

Tomaron el pequeño morral y le abrieron la puerta para que ambas se acomodaran en el lujoso vehículo. Nora quedó en la ventana y alzó la mano para despedirse del grupo, que aún no salía de su asombro. Nadie le contestó. Atónitas, vieron cómo se alejaban. El último llamado para abordar las sacó del estado de *shock* en que se encontraban.

—No me diga que usted también está pensando en quedarse —dijo María Alejandra.

—No, Mary. Si Ada no me dijo nada sobre esto es porque quería hacerlo sola, y eso tengo que respetarlo. Yo no tengo nada que hacer aquí. Tú te encargas de averiguarme sobre ella y mantenerme informada, ¿cierto?

Lianeth tenía los ojos llenos de lágrimas. Temía por la vida de su amiga, pero sabía que cada cual toma sus propias decisiones y asume las consecuencias.

* * *

Desde la ventanilla del avión bimotor, Lianeth Cárdenas observaba el cielo inmensamente azul, y el río Arauca, disminuido por el verano pero no vencido, serpenteaba por el llano abriéndose camino hacia quién sabe dónde. El asiento contiguo estaba vacío.

Lianeth sacó el sobre que le había dado su amiga para abrirlo en el avión. Dentro encontró una pañoleta negra doblada y una nota que decía:

No llevo nada conmigo que no pueda dejar en cualquier momento,
pero esta pañoleta es un recuerdo que quiero tener siempre conmigo.
Te prometo que volveré por ella.

Ada había conservado la pañoleta del Che Guevara que usaba Jorge Mario. Lianeth, que por primera vez tenía tan cerca una de esas prendas, la desdobló cuidadosamente para leer el mensaje que había impreso en ella:

En cualquier lugar que nos sorprenda
la muerte, bienvenida sea,
siempre que ese, nuestro grito de guerra,
haya llegado hasta un oído receptivo

y otra mano se extienda a empuñar nuestras armas,
y otros hombres se apresten a entonar
nuestros cantos luctuosos con tableteo de ametralladoras
y nuevos gritos de guerra y de victoria.
¡Hasta la victoria siempre!

Lianeth quedó sorprendida por la fuerza de esas palabras. Dobló la pañoleta como quien oculta algo ilegal. Sintió que a su amiga la había tocado la guerra, y por eso había decidido, en cierta forma, lucharla.

«¿Volveré a verte, Ada?», se preguntó Lianeth, mientras observaba cómo el paisaje entero no era más que un tenue reflejo debido a la gran altura a la que volaba el avión. Pero los recuerdos estarían tatuados en su mente, en su piel, para siempre.

Made in the USA
Coppell, TX
14 May 2020